Donde el castigo nos lleve

Por Marcos y Nacho Peña.

Poder contarlo ya es algo. Poner un punto final a más de quince años de confusión. Cicatrizar una época si se quiere. Y no lo digo ya por ellos: para los protagonistas de esta historia no creo que pueda haber una vuelta de hoja a estas alturas. La mayoría de ellos ahí sigue, sin poder salir. Sus años de adolescencia no bastaron y antes de cumplir los veinte ya tenían hipotecado el resto de sus vidas. Es así. Encontraron los medios para exprimir la primera juventud y supieron sacarles el máximo rendimiento. Hasta la última gota. ¿Y si sólo uno de ellos no tuviera que pasar el resto de su vida condenado a rendir cuentas por ello? Ya sería algo más, seguro. Pero no se trata de eso. Vamos a limitarnos, los que podemos, a pasar página. Han sufrido y sufren, es verdad, pero no vayamos a olvidar ahora todo el daño que han hecho.

Vale que ninguno de ellos, si se quiere, lo tuvo fácil. Con un poco de retrospectiva y buena voluntad todo es justificable. David, por ejemplo. Al que llamaban Cúster. El pijo, el falangista. Repeinado, impecable, siempre a la última. Bueno, pues todos sabían que su madre era puta. Cuando digo todos me refiero al grupo de la calle Acuerdo. Eran ocho o así, vivían en el barrio e iban o fueron en algún momento al mismo instituto. Si pasabas por esa calle, te estoy hablando de finales ochenta principios noventa, te los podías encontrar apoyados en un coche en frente de uno de esos súper de barrio con trastos y cajones de fruta expuestos a la calle. Precisamente en aquel súper trabajaba Clara. Ella se ha casado y en cierto modo se puede decir que ha conseguido escapar. Hacerse una vida, para entendernos. Ya sólo por eso a lo mejor no deberíamos incluirla en esta historia. Pero si algunos están entre estas páginas o, lo que es lo mismo, si siguen ahí fuera, sin poder salir, también es en parte por su culpa. Morena, no muy alta pero con cinturita y pechos llamativos, poseía una mirada capaz de enamorar en cuestión de décimas de segundo. Y si no, que se lo digan a Santiago, el Pulga. Mira que los demás se lo decían, que no tenía nada que hacer con ella. Que a pesar de que sólo era una cajera, estaba destinada a cuotas más altas o, dicho de otra forma, por mucho dinero que llegara a ganar el Pulga, para ella siempre seguiría siendo un simpático gamberro de barrio. Yo también la he conocido. Solía ir a comprar a ese súper antes de saber quién era el Pulga, Cúster o ninguno de ellos. Y puedo asegurar que de la chica emanaba una seguridad tan turbadora como magnética. Nada que ver con esas bellezas distantes, frías y arrogantes que merodean por esos escaparates fabulosos, tan ansiosas ellas de su cachito de lujo que llevarse a la boca. Ni con aquellas otras, más vulgares pero igual de carroñeras, prontas a negociar sus carnes y carencias por una patética cuanto efímera cuota de pantalla. Por favor… Clara era real, genuina como el barrio que la vio crecer. Ahí estaba, siempre expuesta, sin tapujos ni aditivos, a la espera del mejor postor. Tenía un precio, vale, como los demás productos del súper, como todos nosotros si se quiere; pero con una diferencia esencial. Ella sabía muy bien cuánto valía. Una chica lista, la Clarita. Aunque considerara al Pulga, nada más y nada menos que al Pulga, un simpático gamberro de barrio. O tal vez, quién sabe, fuera lista justamente por eso.

Dos portales más allá de la tienda ahora hay un bar donde, queriendo, puedes tomar unos callos y sobrellevar música suburbana española. También puedes comprarte una bolsita de maría si conoces al dueño o a alguien que le conozca. Bueno, con saber que se llama Gonzalo basta para que te pase unos gramos de hierba. Suele vender White Widow, un híbrido de marihuana de ingeniería genética que puede alcanzar hasta un treinta por ciento de THC. Para quien no lo sepa, el THC, principio activo del cannabis, es lo que se mete en el cerebro una vez que la fumas y vuelve psicoactiva a la planta. Hace quince años los chicos de la calle Acuerdo ya sabían muy bien qué era el THC. Y no sólo eso, sabían donde encontrar en todo momento un vendedor y donde conseguir el dinero para comprarle la droga. Un rápido vistazo les bastaba para saber si la cantidad de costo era correcta, la calidad y sobre todo las posibilidades comerciales. Dado el caso podían estirarlo o aumentarlo con cera; porque sus compañeros de instituto, los que iban a clase, no sabían calibrar la calidad o la cantidad. Querían la droga para colocarse, por vicio.

Los de la calle Acuerdo también, nadie va a decir lo contrario. Pero cuatro de ellos fueron algo más que unos simples viciosos. El costo supuso el punto de partida que les llevó en pocos años a descubrir un mundo inaccesible para los empollones del instituto, por muy buenas notas que pudieran sacar. El Parisino, Víctor, Cúster y el Pulga. Antes de cumplir los veinticinco habían conocido buena parte de los artistas, políticos o futbolistas de las revistas de aquella época. Se codearon con famosos y millonarios, veranearon en chalets, viajaron en yates y jets privados, comieron en restaurantes de lujo con banqueros y modelos... Pregunta a cualquiera de los cuatro; seguro que te pueden contar alguna historia curiosa sobre algún concejal fofo y cocainómano encerrado en el maletero de un coche. Pero a Cúster mejor no le preguntes nada. Ahora mismo el hombre no creo ni que sepa cómo se llama. El Pulga, bueno, el Pulga anda desaparecido. Lleva unos meses muy malos y quien le conoce dice que esta vez no se recupera. A Víctor, si no te conoce, mejor ni te acerques.

El Parisino, hoy por hoy, puede que sea el más accesible de los cuatro. De modo que casi que empezaremos por él. Por cierto, el otro día un compañero de mi trabajo, hablando de tal persona, se refirió a ella como una pija y niña de papá. Con esto pretendía argumentar que todo lo que había conseguido en la vida se lo debía a su linaje privilegiado. Mi compañero es de los que piensan que si has tenido tanto de pequeño vas a conseguir tanto de mayor. Ejem.

Una metáfora obvia sería la de un cervatillo paralizado en medio de la carretera. En la vida del aparcacoches acababan de cruzarse tres seres llegados de otro planeta. Mala suerte. Estaba deslumbrado y no podía verlos, pero ese rugido bastaba para comprender que algo malo iba a pasar. Una linterna frente a los faros de un Audi 90. Un empleado de una discoteca de moda obligado a currar a las tres de la madrugada, tal vez por diez veces menos de lo que podía ganar cualquiera de los ocupantes del Audi en un día. Uno ganándose la vida, los otros malgastándola. O según cómo se mire, unos buscándose la vida, el otro desperdiciándola. Todo según cómo se mire.

—Atropéllale.

Pati lo había dicho muy en serio. Y por la mirada de Rubén, no daba la sensación de que el aparcacoches las tuviera todas consigo. En el asiento trasero, un joven delgado con el mentón caído miraba al aparcacoches como quien busca en la oscuridad un recuerdo perdido.

Por lo que me han contado, el recepcionista debía de ser una de esas mariconas engendradas y maduradas en el régimen franquista. Cincuentón, el pelo teñido de un negro chillón, flaco y estirado como una escoba para intentar enmendar su modesta estatura. Abría mucho los ojos cuando hablaba, pero seguro que tuvo que entornarlos o por lo menos pestañear un par de veces al ver profanar su hotelito por aquellos tres sujetos. El primero en irrumpir, paso acelerado y moviendo los dedos como un neurótico, sería Rubén.

—Hola —bufó dando una palmada en el mostrador— Tengo tres personas a nombre mío reservadas para dos habitaciones.

—¿Perdone…? —balbució el empleado.

—Que tengo una reserva hecha.

—Bien, ¿a nombre de…?

En ese momento entró una chica de unos dieciocho años, rubia, ojos azul verdoso, esbelta… Una belleza en toda regla, a pesar incluso de sus negras ojeras, el pelo revuelto o la capa de sudor facial que la dotaban de cierto aire enfermizo e inquietante. Se llamaba Pati, y quien la haya conocido sabe de sobra que no solía pasar desapercibida:

—¡Ya me la estás devolviendo! —exigió a grito pelado, así, sin más preámbulos.

Curiosamente Rubén ni se giró ni se dio por aludido a pesar de que la chica había ido directa a pegarse a su espalda.

—¿No me has oído, idiota? —gritaba ella, tirándole con maldad del pelo— ¡No te hagas el listo conmigo, te aviso…!

—A nombre de Pedro Hurtado —respondió el chaval al recepcionista, sin inmutarse, depositando un pasaporte en el mostrador. Luego se giró y tal fue la precisión y contundencia de la bofetada que le plantó en la cara, que la chica cayó de culo al suelo, fulminada. A todo esto hay que señalar que al recepcionista no se le veía del todo ajeno a la disputa. De hecho evidenciaba ciertos espasmos incontrolados en los labios y un continuo frotar ansioso de los dedos contra las palmas de las manos. Parecía sinceramente afectado, y sin embargo no se decidía a abrir la boca. Tal vez esperaba a que Pati dejara de pegar gritos, se levantara del suelo y desapareciera para siempre de su vida. Tal vez le intimidaba la loca mirada de Rubén. O tal vez ya había visto aparecer al Parisino...

El recién llegado mantenía una lucha desesperada por liberar su mochila, atrancada en una de las puertas giratorias de la entrada. Al cabo de unos segundos de angustiosa indecisión el empleado se vio obligado a intervenir: más que nada estaban bloqueando el único acceso al hotel.

—¡No, no tire —decía mientras se acercaba trotando—, así la atranca más! Deje, déjeme a mí.

El Parisino, sudoroso y empecinado, siguió tirando con todas sus fuerzas a pesar de las palmaditas nerviosas del recepcionista que le instaban a lo contrario. Como era de esperar, acabó rompiendo una de las correas.

—Suputamadre —gruñó perdiendo el equilibrio.

A punto estuvo de acabar también por los suelos. Por suerte demostró la suficiente presencia de ánimo para agarrarse a tiempo a la cinturita del recepcionista.

—Usted perdone —se excusó el chaval mientras recuperaba la verticalidad ; ¿hacecalor, aquesí?

De los tres, era el más sudoroso, delgado, ojeroso y con más sangre inyectada en los ojos. Que ya es decir. Nótese su corte de pelo (muy al uso entre ciertos bacalas de la época) rapado al cero a excepción de un mechoncito justo encima de la frente. El hotelero cincuentón se lo quedó mirando un par de segundos con la misma cara que, por ejemplo, podría haber puesto un viejo indígena amazónico viendo al primer hombre blanco. Curiosidad, temor y, por qué no decirlo, cierta dosis de alucine. Sin embargo, al girarse para volver al mostrador, todas aquellas emociones rápidamente dejaron paso a un gritito de incontrolada indignación. Rubén había usurpado su puesto y ojeaba ensimismado el libro de recepción.

—¡Fuera de ahí! —gritó el hombre.

A su edad y tan alterado que estaba, nunca hubiera debido ponerse a correr alocadamente por un piso bañado por el sudor de una adolescente politoxicómana. El Parisino cuenta que lo vio patinar por lo menos dos metros, contorsionándose y arremolinando los brazos en un desesperado intento por no perder el equilibrio. Era como verlo a cámara lenta, asegura; se la pega, no se la pega, se la pega… Casi les hubiera dado tiempo a apostar y todo. De haberlo hecho se hubiera generado cierta discordia, seguro, pues el hombre no recuperó el equilibrio, pero tampoco acabó en el suelo: su barbilla aterrizó en el borde del mostrador impidiéndolo.

—Usted dirá —le dijo Rubén desde el otro lado del tablero, en un tono serio y comedido.

Habían pasado unos tres minutos desde que irrumpieran en el hotelucho y aquello ya era un circo, admite hoy en día el Parisino. Al menos Pati ya había parado de gritar, pero tampoco es que su risa desenfrenada por el paso en falso del recepcionista ayudara demasiado a normalizar la situación. Rubén accedió a abandonar la recepción; de todas formas ya se había apropiado de las llaves de las dos habitaciones y debidamente firmado el libro de recepción. Cuestión de ir ganando tiempo, explicó al desorientado recepcionista.

—¿Haybarenestehotel? —gruñó de repente el Parisino.

Por aquella época el chaval solía hablar tan rápido y articulaba tan poco, que no me extrañaría que más de uno le tomara por extranjero.

—Que si hay bar en el hotel —descifró Rubén.

Pero el recepcionista no respondió a la primera. Unas gotitas de sudor resbalaban por su cara desencajada. Le volvieron a hacer la pregunta y, entonces, tras tomar una prolongada bocanada de aire, alzó un dedo índice tembloroso:

—Oigan ustedes —masculló, tenso por mantener la compostura—, no sé qué se han creído que es este hotel...

—El Bellamar, ¿no? —contestó al vuelo Rubén.

El hombre respiró hondo de nuevo antes de proseguir. Los recién llegados le miraban con gravedad, como si fuera a decir algo trascendental. Pati incluso creyó conveniente levantarse del suelo.

—Mira, quiero que sepáis que llevo trabajando más de treinta años aquí y nunca, nunca, repito, he tenido que llamar a la policía por culpa de uno de mis clientes... ¿Entendéis lo que quiero decir...?

El Parisino pestañeó un par de veces y el labio inferior se le descolgó unos tres centímetros. Había entendido lo que quería decir.

—Esto es un hotel tranquilo, para gente tranquila. Siempre lo ha sido y así seguirá. El que hayáis hecho una reserva no os da derecho a comportaros como unos salvajes,

¿está claro? Es más, ahora mismo, si quiero, os puedo poner de patitas a la calle… Hay una cosa llamada derecho de admisión, ¿sabéis lo que significa…? ¡Y a ver dónde encontráis una habitación el puente de agosto…! ¿eh? ¿Qué pasa? ¿Se os ha comido la lengua el gato? Y tú, guapa, ¿qué? ¿ya no te hace tanta gracia el asunto, o qué te pasa?

Si Pati no le respondió fue más que nada porque no se dio por aludida, no estaba prestando atención. Su total incapacidad para procesar sermones fue lo que salvó al recepcionista de un más que presumible y violento contraataque verbal. Sin embargo, el hombre debió de interpretar su silencio y el de los chicos como una promesa de enmienda o algo parecido, pues acabó renunciando a la idea de citar a la autoridad o ejercer su "derecho de admisión". Por esta vez pase, dijo.

—Pero os aviso —añadió entornando la mirada—, a la mínima, oídme bien, al mínimo grito, queja de algún cliente o la gracia más tonta que se os pueda ocurrir, como la de tocar el timbre del ascensor, llamo a la policía, ¿entendido?

El Parisino volvió a disparar algo que, por descontado, el recepcionista no consiguió entender.

—Que si hay aire acondicionado en la habitación —tradujo de nuevo Rubén.

—Por supuesto.

—¿Podemos subir ya? —preguntó Pati por si acaso, no fuera a ser que el hombre aun no hubiera acabado eso que estaba diciendo.

—Subid —concedió éste, magnánimo.

Es curioso lo que disfrutan y lo bien que les sienta a algunos impartir reprimendas. Al empleado se le veía ahora más desahogado, satisfecho. Incluso un poquitín más alto, lo que son las cosas. Con aire circunspecto abrió el libro de recepción y se puso a inspeccionarlo con total concentración, muy profesional, gustándose. Su hotelito volvía a ser el apacible reducto de siempre, destino de pensionistas y clase media centroeuropea. De nuevo reinaba la armoniosa rutina. Con todo, tuvo que hacer un esfuerzo para no levantar la vista cuando, de camino al ascensor, Pati volvió a abrir la boca.

—¡Qué me devuelvas la puta papela! —retumbó su voz en todo el hall.

11:45 a.m. del 14 de Agosto 1990 acababa de anotar el empleado con letra aplicada. Luego abrió el pasaporte y añadió el nombre del titular. Pedro Hurtado López. A continuación el número de identificación del documento y por fin su propia firma a pie de página. Y ya quedaba la hoja cumplimentada, lista para que tres días después la policía pudiera requerirla tras la denuncia por impago. El supuesto pasaporte de Rubén también sería consignado. Según el Parisino parecía tan falso que me pregunto si después de treinta años de fiel servicio no acabaría costándole el empleo al viejo sarasa. Por aquella época aun no trataban con falsificadores profesionales. Después de robarlo, le daban el documento a Víctor para que le hiciera algunos retoques, nada del otro mundo, lo suficiente para poder entrar en el casino o tangar a un recepcionista de provincias.

Alas siete de la tarde o así del día siguiente se les vio salir por primera vez del hotel. Dejaron las camas sin estrenar; esparcidas aquí y allá cuatro botellas vacías de whisky y unas cuantas más de refrescos, todo a cargo de la cuenta de la habitación. La cantidad de cocaína consumida ya es más difícil de determinar, pero seguro que les tocaría humedecer un poco el material para alcanzar los cien gramos que trajeron para vender. Aun así no creo que se les notara mucho más alterados que cuando entraron. A pesar, eso sí, de que Rubén se negara en rotundo a dejar la llave de su habitación en conserjería.

—Son las normas —advirtió el empleado—, motivos de seguridad...

—Y me parece fenomenal —le contestó el otro mientras salía del hotel.

—Oye, vuelve ahora mismo...

Resuelto a cumplir la amenaza del día anterior, el recepcionista marcó decidido el 092. "Buenas tardes, quiero poner..." Pero no le dejaron acabar la frase:

—A ver..., una cosa, ¿tienen aparcacoches en este hotel?

Había vuelto. No había transcurrido ni un minuto desde que salió y ya estaba de nuevo aquí, seguido de la otra loca ojerosa y despeinada.

—¿Que si tenemos aparcacoches...? —dijo el hombre mientras colgaba el teléfono, medio sorprendido medio agotado—. No, ¿por qué?

—Ajá —exclamó Pati—, ¡lo sabía!

—Por lo tanto —dedujo Rubén —, ayer no te dejé las llaves para que me aparcasen el coche.

—No.

—¿Estás seguro?... —Rubén se quitó el sudor de la frente—. Para mí que sí que te las dejé.

Pero, mientras hablaba, empezó a rebuscar entre sus bolsillos y a depositar todo lo que iba sacando encima del mostrador. Varias monedas, un paquete arrugado de Marlboro light, la llave de la habitación, un klinex usado, un turulo...

—No entiendo, no lo entiendo...

Perro viejo, de un fugaz movimiento de mano, el recepcionista se apoderó de la llave.

—Esta se queda aquí mientras estéis fuera del hotel, ¿ha quedado claro?

No le respondieron. Esa llave ya no interesaba, ahora sólo importaban las del coche.

—Están en la habitación fijo —dijo Pati, algo harta—. Hazme caso.

—Imposible, imposible…, siempre las llevo en el bolsillo, siempre, y que yo sepa no me he cambiado de pantacas... déjame que piense...

Y Rubén se puso a pensar. Para ello empezó a girar sobre sí mismo mientras que, con una mano, se manoseaba desesperado la caballera y, en un gesto de profunda concentración, se mordía compulsivamente las uñas de la otra. En un momento dado se paró en seco, levantó la vista al techo, musitó algo tipo ¡no puede ser...! ¡Piensa, joder, piensa!, y volvió a dar vueltas sobre sí mismo, mascullando entre dientes.

—Eres un idiota —le espoleaba la otra—, ¡piensa, joder, piensa!

En el estado en que iban los dos, podían fácilmente haberse pasado varias horas en ese plan. Sus facultades mentales nunca les hubieran permitido 1) dejar de girar como una peonza, 2) dejar de creer que una peonza humana iba acordarse de lo que fuera. Menos mal para todos que Angel, más conocido como el Parisino, puso fin a semejante confusión con un potente berrido desde la puerta giratoria.

—¡Yasédondestalbuga!

Rubén paró en seco. Al ver a su amigo, su rostro se descompuso todavía un poco más si cabe.

—De dónde cojones —le reprochó— has sacado esa camiseta, tronco.

Life's A Beach sostenía la enorme camiseta recién estrenada.

—Losmaderosnosanlevantadolcoche.

Una vez más el recepcionista no comprendió sus palabras:

—¿Qué? —se le escapó, picado por la curiosidad.

—No sabes lo que dices —acusó Rubén a su amigo.

Sí que lo sabía; se lo había dicho la dependienta de la tienda de donde había sustraído la camiseta. La policía mandó retirar el coche porque impedía el paso a un autobús repleto de turistas. Con una grúa, así, por la buenas. Según parece el suceso había sido largamente comentado en el barrio, sobretodo el hecho de que las llaves estuvieran puestas en la cerradura de contacto. Se llegó a especular con que se tratara de un coche bomba. Cosadelocos.

—A ver si me he enterado —Rubén no cabía en su indignación—, ¿me estás diciendo que por culpa de un puto conductor de autobuses, un puto busero del tres al cuarto…, se han llevado mi buga?

—Comoloyes.

—No me lo puedo creer.

Pati decidió que era el momento de aportar su punto de vista:

—No sólo lo dejas aparcado en medio de la calle, Rubén; además con las llaves puestas… Eres un impresentable, en serio. Te felicito.

—¡Pero si estaba aparcado perfectamente, joder!

—Qué te parece —insistió ella— si dejas de fliparlo tanto y te vas a buscar el coche, cariño. Se está haciendo tarde ya.

Antes de responder, Rubén la observó un par de segundos, intrigado.

—¿Y qué te parece si tú, mientras tanto, para ir haciendo tiempo, te vas a tomar por culo, guapa?

—¿Sabes que te digo? Que me subo a la habitación.

Y, tras arrebatar las llaves de la mano del boquiabierto recepcionista, salió disparada rumbo al ascensor.

—¡Oye! —le gritó Rubén— ¡Ni se te ocurra tocar la bolsa, te aviso! ¡Está pesada!

—¿Por quién me has tomado? —voceó ella desde el ascensor.

—¡Por lo que eres, una comebolsas!

—¿Qué has dicho, hijode…? —La puerta del ascensor se tragó el resto.

El Parisino comenzaba a impacientarse más de la cuenta.

—¿Cacemos?

—No me lo puedo creer —Rubén se iba a tirar de los pelos— Tú lo viste. ¡Podía pasar perfectamente! Pero no… ¡Torpe…! ¡Patán…! ¡Falso! Mira lo que te digo, los andaluces son unos vagos. Unos putos vagos.

Y, según cuenta el Parisino, Rubén se puso a vociferar a los cuatro vientos: LOS ANDALUCES SON UNOS PUTOS VAGOS. Así salió del hotel, agitando los brazos al aire y clamando al cielo la galbana del pueblo andaluz. Y, claro, los transeúntes no podían más que mirarle; algunos curiosos, otros divertidos, mucho de ellos asustados. Y el chaval seguía sosteniendo a viva voz que los andaluces no servían ni para hacer la "o" con un canuto, porque eran unos miserables, la vergüenza de España, una pandilla de mantenidos, eso es lo que eran según él. El Parisino no trató de calmarle. De nada servía, y además tenía otras cosas en las que pensar:

—Oye, Rubén, ¿notegusta lacamiseta?

Su amigo dejó de gritar por un momento.

—Te queda enorme, tronco. Das demasiado el cante.

—Losabía. Melateníacaberprobao.

—¿Qué…?

—Quevoyantrar unmomentoaquí aporotra, ¿vale?

Y Rubén entró detrás de él en una de esas tiendecitas para turistas, más bien pequeña, poblada de toritos, flamencas de plástico y una de esas dependientas lugareñas con mil anillos de oro en los dedos. De una de las paredes colgaba una colorida variedad de camisetas. Despojado de la suya, Angel fue directo a probarse una con un ancla estampada.

—¿Mequedabien?

Rubén no llegó a contestar. Cabizbajo, se encontraba con la mirada clavada en la dependienta. Por algún motivo le había llamado la atención. Y eso que no era más que una mujer cincuentona de pueblo, tetona y culona, con el típico corte de pelo, lacado, funcional e inapetente. El caso es que se podía leer en la mirada siniestra de Rubén que esa mujer no le estaba gustando lo más mínimo.

—¿Estamequedamejor, eh?

"Spain Is Different" proclamaba la nueva camiseta elegida. Rubén le echó un rápido vistazo y volvió a clavar la oscura mirada en la dependienta.

—¿Cuánto? —le preguntó en un tono seco y autoritario.

Hasta el momento la buena mujer se había conformado con vigilar de reojo a aquellos dos clientes delgaditos e inquietos. Pero, puesto que parecían dispuestos a invertir en su negocio, qué menos que dedicarles una esplendorosa y comercial sonrisa de bienvenida:

—Buenos tardes, chavales, ¿en qué os puedo ayudar?…

—No trate de engatusarnos, se lo digo ya —la cortó en seco el otro con voz ronca—. ¿Cuánto?

¡Ozú, chiquillo! —respondió ella con esa alegría sureña tan característica—. ¿Qué mosca te ha picao?

Rubén se acercó. Lo hizo a paso lento pero firme, y sosteniendo una mirada tan amenazante como ojerosa. Colocó un billete arrugado de cinco mil encima del mostrador.

—No le vamos a dar más de mil por ella, métaselo de una

vez por todas en la cabeza. Es lo que hay. Lo toma o lo deja.

—Si es lo que cuesta; mil pesetillas —exclamó la dependienta—. Bien claro lo pone.

—Seguro, claro… Ande, señora, cóbrese, antes de que me arrepiente.

Visiblemente aturdida, agarró el billete, y sin perder de vista a los dos jóvenes, abrió la caja registradora.

—Se puede saber porqué nos mira así. ¿Qué hostias se trae entre manos, señora?

—¡Esodigoyo!

El Parisino también encontraba inadmisible la actitud de la dependienta. Exigió explicaciones. Preguntó si acaso se creía que la iban a atracar o qué, ¿es que tenían pinta de manguis o qué coño? ¿O es que acaso no sabía quién era su padre? Como es normal la buena señora no comprendió una palabra del extraño lenguaje del chaval. Además parecía asustada, le temblaba el pulso mientras devolvía el cambio a Rubén.

—¿Tu amigo se la va a llevar puesta? —preguntó dócilmente.

Rubén no contestó. Angel tampoco.

—¿Quiere que le dé una bolsita?

Ni una palabra.

—¿Os la envuelvo para regalo?

Los dos chavales, pegados al mostrador, la miraban tan fijamente que la buena señora ya no sabía qué cara poner. Transcurridos unos segundos, Rubén reaccionó: agarró los cuatro billetes de mil y salió de la tienda sin despedirse. El Parisino tardó un poco más en abandonar el lugar, tenía algo que decir a la mujer:

—Nuncaolvidounacara, taviso.

La señora volvió a quedarse con las ganas de saber qué había dicho el muchacho. Pero en vez de preguntárselo, esperó a que abandonara el local y acto seguido abrió la caja registradora. Sacó el billete de cinco mil y lo alzó con intención de verificar a contraluz su autenticidad. Tal vez entendía que la pinta de aquellos chicos resultaba un tanto sospechosa y más valía asegurarse que no acaba de ser víctima de una estafa. O a lo mejor era de las que siempre comprueban en el acto los billetes gordos a contraluz; sólo que esta vez, intimidada por la obsesiva mirada de Rubén y Angel, no se atrevió a poner a prueba su susceptibilidad. Lo que es seguro, en cambio, es que no esperaba que el Parisino estuviera apostado al otro lado del escaparate, vigilante. De ahí que pegara un bote y un gritito al descubrir al pálido y ojeroso cliente, la nariz aplastada contra el cristal. Estaba señalando con el dedo índice algo de dentro de la tienda.

—Esmía —gritó, refiriéndose a la camiseta de Life's a Beach que traía puesta en un principio—. ¡Niselocurra venderla, laviso!

Pero no entró a recuperarla. El Parisino dice que sólo quería dejar bien claro que no iba a permitir que esa perra usurera se sacara unos dineros a su costa. También reconoce que en aquella época se les iba mucho la olla y puede que tal vez se hubieran emparanoyado un poco más de la cuenta. Sea como fuere me extraña muy mucho que la buena mujer consiguiera comprender al Parisino a través del cristal. Si ya era difícil entender su pronunciación, no quiero ni imaginar la penosa faena de tener que leerle los labios. Por si fuera poco acabó despidiéndose de la mujer con el característico gesto de "te voy a cortar el cuello" y salió corriendo para alcanzar a su compañero que, al paso acelerado de neurótico que mantenía, ya había llegado a la puerta de la comisaría del pueblo.

—¡YA ME ESTAIS DEVOLVIENDO MI PUTO COCHE!

Fue lo primero que dijo Rubén entrando en las dependencias, así, a grito pelado, sin presentarse, al más puro estilo Pati. Un policía municipal le vino al paso. A Angel le pareció que tenía cara de buena persona, pero aun así no se fiaba del todo. Luego son los peores, se dijo para sus adentros, mientras notaba como los latidos del corazón la machacaban el pecho. Puede que no hubiera sido muy inteligente haberse puesto a correr después de haber permanecido tres días despierto a base de cocaína.

—Tu coche no será un Audi rojo que estuvo ayer paralizando el tráfico durante más de dos horas.

—Un Audi rojo, sí —afirmó Rubén sacudiendo la cabellera—. ¿Dónde coño está?

—Bueno, pues resulta que vas a tener que pagar un multa si quieres llevártelo. Además del dinero de la grúa, claro está.

—¿Una grúa? ¡Pero si tenía las llaves puestas!

—Cierto, pero estaba mal aparcado... —empezó a explicar el policía— de modo que...

—Ya claro —le interrumpió Rubén—, claro que sí, a sangrar todo lo que se pueda al ciudadano... en vez de estar haciendo vuestro deber, por el que os pagamos todos… ¡Y una polla voy a apoquinar un puto duro! El coche estaba aparcado impecable. ¿Qué culpa tengo yo de que ese conductor de autobuses sea un incompetente?

—Bueno, chiquillo, tú verás si quieres el coche o no.

Rubén calló un segundo, necesitaba reflexionar. Esta vez, sin embargo, no tardó en dar con una solución:

—Vale, muy bien. O me devuelves ahora mismo mi buga o me hago uno ahí fuera.

—No te entiendo —o no quiso entender el policía.

—Qué ahora mismo me voy fuera y me levanto el primer buga que vea, ¿me explico?

El Parisino supo que el asunto se iba a complicar cuando vio al otro policía acercarse. Este no tenía cara de bueno, es más, más bien parecía un tipo con un montón de problemas que repartir.

—¿De qué te vas a hacer tú un coche?

Antes de que Rubén pudiera responderle, ya tenía una mano agarrándole del hombro.

—Ni te atrevas a tocarme, eh —amenazó el chaval, plantándole el dedo índice delante de la nariz.

Angel quiso decir algo, pero de repente se dio cuenta de que no podía articular palabra. Su mente había entrado en un estado de bloqueo absoluto, consecuencia directa del torrente de sangre bombeado por su alocado corazón. En cambio a Rubén se le veía dentro de lo que cabe sereno, preparado para la batalla:

—No quiero problemas, aviso.

Seguía con el dedo índice alzado, el pecho erguido y la cabeza inclinada hacia un lado para que su mirada resultara más amenazadora. Por aquella época tenía la manía de levantarse el flequillo de un soplido. Fue lo último que hizo antes de que el agente le redujera con una llave de judo. A pesar de estar inmovilizado en el suelo, volvió a lanzar otra advertencia:

—¡Cuidado no vayamos a tenerla!

Es curioso que, a pesar de su chulería y físico enclenque, aquella fuera la primera y única vez que el Parisino vio a Rubén recibiendo una paliza. Le hubiera gustado intervenir, hacer algo, decir algo…

—Pero seguía muñeco, tronco —me dice—. Ese perico no era muy bueno, me parece a mí. Demasiado espídico.

En bikini, gafas de sol Armani y cigarrillo light en la mano, Pati tomaba el sol en la terraza de la habitación cuando vio aparecer el Patrol de la policía. Por lo que sé, siempre ha sido una chica calculadora y con mucho temple en situaciones de peligro; así que supongo que el llevar tres días sin dormir, también tuvo que hacer mella de alguna manera en sus nervios. El caso es que después de asomarse al balcón y ver salir del todo terreno a sus dos amigos acompañados por una pareja de municipales, entró disparada en la habitación. Conociéndola, seguro que antes de esconder la bolsita debajo del colchón, se enfilaría uno de esos tiros rápidos y mal hechos que te liman el tabique. Luego recapacitaría y la colocaría encima del armario; pero al asomarse de nuevo a la terraza y verlos entrar en el hotel, sus nervios se encresparían de tal manera y el corazón bombearía tanta sangre a su cerebro encocado que seguro que ya no comprendería nada de nada. A todos nos ha pasado alguna vez. Más tarde, cuando Angel y Rubén le pidieron explicaciones por lo que hizo con la bolsa, se justificó diciendo que estaba acojonada.

—Casi me lo hago encima, joder —enfatizó.

Es comprensible. Como también puedo comprender la desesperación del recepcionista al ver entrar a Rubén con un ojo morado, al Parisino con la mandíbula duramente contraída y dos agentes uniformados y de servicio.

—Sí, los señores se alojan aquí —admitió con la boca chica a la pregunta de uno de los policías.

Así que al Parisino le tocó subir a la habitación a por el dinero de la multa y Rubén se quedó abajo, con los dos policías y el recepcionista. Además del ojo morado, al recepcionista también le dio por fijarse en los arañazos y moratones de sus brazos.

—¿Y tú qué miras, maricón?

Aunque optó por desviar la mirada, el empleado no pudo o no quiso reprimir un clásico gesto afeminado de desdén. Chasqueó los dientes a la vez que entornaba los ojos y levantaba las cejas con aire de desmayo. Los dos policías mantuvieron la compostura en todo momento, erguidos, los brazos cruzados y sin abrir la boca. Y cosa extraña, Rubén aguantó con la suya cerrada hasta que volvió su amigo. Sé que tuvo que pasarlo mal, el autocontrol nunca fue su fuerte. Incluso puede, pero sólo puede, que en algún rincón oscuro de su mente fuera consciente de la gravedad de la situación. Tal vez vislumbraba el peligro de una manera intuitiva, animal; lo olería o lo sentiría pero en ningún caso su comportamiento provenía de la reflexión o análisis alguno, de eso estoy seguro. Instinto de supervivencia, supongo. Sea como fuere Angel no tardó en volver. Y los policías no tardaron en irse. Se pagó hasta la última peseta de la multa (y la grúa), se firmó el parte y se devolvieron las llaves del coche. Y no, no les pidieron los carnés de identidad; ni el recepcionista tuvo que enseñarles el pasaporte falso. Ni tan siquiera se preocuparon por ver el carné de conducir inexistente de Rubén. ¿Suerte? Seguro, aunque puede que también contribuyera algo la mala conciencia por el correctivo impartido. A Rubén, en cambio, no había paliza que pudiera tenerle la boca cerrada más de cierto tiempo.

—¡Me he quedado con los números de vuestras placas! —gritó antes de que los policías salieran del hotel.

Ese que está ahí, estrujándose la cabeza delante del ordenador, soy yo. Se puede decir que me ha tocado contarlo. Me apetezca o no es otra cuestión. El escritorio es un desorden. Una caja de clips, "Sujeta Papeles" pone en la solapa; ¿para qué demonios quiero yo eso? Seguro que si investigara un poco encontraría cosas que ni siquiera sé ni para qué sirven...

Bueno, vamos a dejar de distraernos. Hay una historia que contar. Angel, al que desde hace más quince años vienen llamando el Parisino, anda al acecho. Nunca ha leído un libro en su vida, pero se está tomando esto como algo personal y exige resultados. No para de contarme historias de la noche, de las drogas, de las locuras de sus amigos. Y pretende que yo las ordene. ¿Qué saco yo de todo esto? Aun no estoy seguro, pero espero descubrirlo antes de que esta historia finalice. Si es que finaliza algún día. De hecho, es lo que pretendo, finalizar esta historia. Ya lo decía en el prólogo, poner un punto final. Vaya presunción en cualquier caso.

Los dos capítulos anteriores, no sé, releyéndolos se me antojan artificiales. Todos esos diálogos en plan comedia de situación... Rubén y Pati tan histriónicos. Y lo peor es que son así. Y Angel, por aquella época, hablaba poco y mal. De hecho no dijo nada cuando Pati admitió que había tirado la bolsa al balcón de sus vecinos de habitación, que por cierto resultaron ser una pareja de alemanes jubilados, peleones y sorprendentemente en forma para su edad. La que montó Angel por otro lado... Pero, bueno, ya volveremos con ellos más tarde si acaso. Llegan a cansar.

Aun no he tenido ocasión de contárselo al instigador de todo esto, pero el otro día vi a Cúster por la calle. Por lo que deduzco que ha salido de la cárcel o, por lo menos, le han tenido que conceder el tercer grado. Por lo de su enfermedad, supongo… De lejos, antes de reparar en sus andares torpes me llamó la atención su atractivo. Quien tuvo retuvo, dicen, y eso que de cerca su mirada perdida y manchas de la piel me provocaron una especie de escalofrío. Seguro que las viejecitas del barrio que lo vieron crecer no pueden remediar lamentar la decadencia del chaval. Y es que hace diez años era apuesto y elegante y hoy pasaría perfectamente por un vagabundo perturbado. Pero es lo que hay y no soy capaz de encontrar una explicación o justificación que no suene a moralina. Ni siquiera sé si me da pena o no. Lo que sé es que mientras Rubén era pateado en el suelo de una comisaría por un par de putos vagos andaluces, el Cúster andaba escondido en algún lugar en Extremadura. Le contó a su abuela que su madre le maltrataba. Y su abuela, que llevaba más de cinco años sin hablarse con la hija, le dio cobijo en su apacible casa de pueblo. Que la madre le maltratara o no, no es la cuestión. La cuestión es que Cúster necesitaba desaparecer de Madrid una temporada. Le perseguía el partido.

Nunca me han dicho por qué le llamaban Cúster. O a lo mejor se me ha olvidado ya. Qué más da. Lo que es de sobra sabido es que el muchachito tenía un arte especial para robar.

Con diecisiete años ya dominaba unas cuantas modalidades de timo. Sabía vestirse y comportarse de tal manera que un director de banco le tomara por un joven emprendedor de buena familia. También sabía escalar, pongamos que por la fachada de un edificio del barrio de Salamanca para colarse por la ventana del cuarto de baño y sustraer joyas y dinero del dormitorio sin despertar a los dueños. Además no solía necesitar llaves para arrancar buena parte de los modelos de motos y coches de la época. Y venido el caso, tal vez en un momento de apremio, no demostraba escrúpulo alguno en dar un tirón a una vieja. Sin embargo, para ciertas cosas era un tipo de voluntad débil. Nunca actuaba en su propio beneficio; por lo general robaba para ganarse la simpatía de Víctor o costearse la droga que necesitaba para olvidar la falta de respuesta de su amigo del alma. Así hasta volverse un yonqui integral con el pasar de los años.

Por aquel entonces vivía con su madre, y una hermana unos diez años más pequeña que él, en un apartamento de una calle paralela a la del Acuerdo. Bueno, y con otra chica de unos quince años, sucia y despeinada, que nadie sabía quien era ni de dónde salía, pero que describe un poco la clase de vida desordenada que llevaban los Cúster. Si es cierto, como dicen, que el padre era policía nacional, nunca utilizó su presumible influencia a lo largo de ninguna de las múltiples detenciones del hijo. Ya he dicho que la madre era puta; o todos decían que era puta, que para el caso es lo mismo o peor.

Delgado, refinado y de movimientos elegantes, Cúster era

un dandy entre bacalas. Me cuesta imaginármelo en la casa de pueblo de su abuela, ésta preparándole tal vez unos canutillos rellenos de crema para merendar.

—Pero que te vas a quemar, hijo. ¡Espera al menos que se enfríen!

Pero Cúster, al que de vez en cuando le entraban unos ataques de ansiedad irrefrenables, se los zamparía directamente de la bandeja del horno, la lengua abrasada.

—¡Están buenísimos, abuela! ¡Ole…!

—Te va a dar un empacho, ya verás.

En el fondo la abuela estaría encantada. Con lo delgadito que era David no le podía venir mal que por una vez se alimentara como Dios manda. A la vista estaba que el crío tenía que engordar unos buenos kilos. A saber lo que le daban de comer en la ciudad. A saber lo que hacía en la ciudad, abuela. Si yo le contara, pero para qué darle más disgustos. A su edad… ¡Disfrute de estos tres o cuatro días de su nieto! Y tú también, Cúster, disfruta del aire sano del campo, lígate a alguna pueblerina, desintoxícate un poco, yo qué sé. Pero no, el muy inquieto sufría lejos de la ciudad. Fuera del círculo de la calle Acuerdo se nos ahogaba. Su ánimo se apagaba. Por eso bajaba a llamar desde la cabina de la plaza del pueblo cada noche. Raramente conseguía hablar con alguno de ellos. Normal. El Parisino debía de estar en Marbella colocando los cien gramos de cocaína. Tampoco había forma de dar con el Pulga, siempre de perrito faldero de la Clarita. Sólo consiguió contactar una vez con Víctor, y de coña.

—Ni se te ocurra volver a Madrid. Espérate a que se arreglen un poco las cosas por lo menos, por tu bien.

—Pero tronco, me estoy volviendo loco aquí. Esto está muerto, ¿qué sabes del Parisino?

—Sigue en Marbella, creo. Todavía no sabemos nada de lo otro. Qué tal si me llamas mañana, ¿eh?

—Oye, y ¿por qué no te vienes a verme, tío? Te podías traer algo y nos corrernos una a lo paleto, como en la Granja, ¿eh? No sabes los especímenes que te puedes encontrar por aquí.

—Sí, claro, como si no tuviera nada mejor que hacer, ¿sabes toda la movida que hay que despachar…? venga, no lo flipes, hazme el favor.

Por lo que sé, el pueblo no tenía ni quinientos habitantes en verano, así que después de colgar el teléfono no me extrañaría que el Cúster se sintiera algo desamparado. Demasiado silencio, demasiada oscuridad para la hora que era. A su edad aun le quedaba mucha noche por descubrir; mucha vida que consumir. No creo que sea necesario haber entrado en garajes por la noche y robado motos deportivas, o consumido cocaína, MDMA y alcohol durante dos días y tres noches para poder comprenderlo. Hay momentos en los que la adolescencia pide ser quemada. Estoy seguro de que a todo quinceañero le ha tenido que pasar. Fanfarronear con los amigos, hacer daño para asentar tu personalidad en el grupo, consumirse en la habitación pensando en el teléfono que no suena, los pechos de una vecina, la rabia contra tus padres por unas gafas de sol que no puedes permitirte, la melancolía de un verano que ya se apaga o rascarse los huevos cada dos por tres. Es la adolescencia: tan pronto apática como eufórica, inarticulada y glotona ella. En estos momentos Cúster rebosaba del combustible acumulado durante dos días en un pueblo fantasma. Una eternidad, y sus amigos del barrio, en cambio, estarían drogándose, montándola en Marbella, o empastillados en el Xcándalo. De repente tuvo que sentirse excluido del grupo. Ya no era el Cúster, sino el nietecito de la Carbonera, un viernes por la noche en un pueblucho de mala muerte. Nadie.

Así que, después de colgar el teléfono, las manos en los bolsillos, echó un vistazo a su alrededor. Con aire desenvuelto pero calculador se acercó al primer edificio con un poco de atractivo. La alcaldía. Levantó la vista y unos treinta segundos después había escalado hasta el primer piso y forzado el ventanal de una patada. El retrato del rey fue lo primero que se le antojó. Lo atravesó contra el respaldo de un silla. Nada personal sin embargo, ni político: su vínculo ideológico y sentimental con la falange había concluido de golpe y para siempre dos días atrás. Fue algo más parecido a un antojo si se quiere. Ahí lo dejó mientras vaciaba cajones y armarios, desperdigando el contenido por el suelo. No buscaba nada en especial. Como mucho algún trofeo de cara a sus amigos. La codicia solía ser más bien cosa de Víctor. Volvió a llamarle ya que estaba.

—Hola, ¿está Víctor?

Se había puesto cómodo, el Cúster, para la ocasión. Y es que los despachos oficiales dan ganas de repantigarse en la silla, no falla. Los pies encima de la mesa, sujetaba la corneta del teléfono con el hombro mientras ojeaba un periódico sin prestarle demasiada atención. Víctor no estaba. Para colmo respondió la madre. Le tocó pues soportar el habitual sermón acerca de lo poco que le estudiaba el hijo y los muchos disgustos que recibía de él a cambio.

—No diga eso, Amparo —la reconfortaba Cúster—. Sabe que no es verdad. Habrá ido a la biblioteca de Noviciado. Ahora abre toda la noche, para los exámenes de septiembre, sabe.

—¿Que Víctor ha ido a estudiar a…?

—Pues claro, Amparo. ¿Por qué se cree que llega tan tarde últimamente?

—¿Últimamente? Pero si lleva así más de un año, o dos, y nunca me dice adónde va cuando se lo pregunto. ¡Nunca me habla si no es para preguntarme quién le ha llamado por teléfono!

—Vamos, vamos, vamos…, no se haga mala sangre, mujer. Debería estar orgullosa de su hijo, se lo digo yo, ¿acaso no está compaginando su trabajo con los estudios? ¿No le ayuda todos los meses con un dinerillo extra…?

—Eso es verdad, Angel, pero tampoco te vayas a creer que me hace mucha gracia que se pase tantas horas en esos recreativos…, en Alcorcón además, a las tantas que llega siempre, se le junta el trabajo dice…, y, claro, luego no hay quien le saque de la cama para ir al instituto…

—¿Sabe una cosa, doña Amparo? Lo hace por usted, si trabaja tanto el hombre es por usted y su marido. Quiere que estén orgullosos de él.

—Ay, Angel si todos los amigos de mi hijo fueran como

tú…

—Son todos buena gente, créame, ¡y muy estudiosos la mayoría!

Y mientras decía esto, nuestro amigo había desenroscado el tapón de un bote de tinta que venía manoseando. Acabó vaciando el contenido en la pared de enfrente a base de sucesivos salpicones. Después de colgar tuvo un pensamiento para la madre de Víctor.

—Zorra —exclamó.

Y, con la ayuda de un cortaplumas, se puso a rajar meticulosamente los sillones hasta destriparlos. A continuación tiró todos y cada uno de los cuadros al suelo, los pateó, volcó el escritorio y, ya que estaba, una estantería llena de libros… Y, por la expresión de su cara, cada vez parecía encontrarse más insatisfecho. Volvió a agarrar el teléfono.

—¿Sabes qué, Isa? Estoy en el despacho del alcalde del pueblo, lo he destrozado todo, me ha dado por ahí, sabes…

Tenía que contárselo a alguien. Para sus siete añitos, Isabel era un chica muy espabilada y, además, quería mucho a su hermano mayor. Casi tanto como odiaba a su madre. Seguro que, con tal de darle un disgusto, se lo contaría cuando la vieja volviera a casa, si es que, a todo esto, volvía esta noche. Pero bueno, y, si no, se lo contaría mañana. Y menudo disgusto que la iba a dar, je…

¿Je…? Vamos, Cúster…, no se lo creía ni él que su madre se fuera a preocupar lo más mínimo por lo que estuviera haciendo o dejando de hacer. O eso dice Angel al menos. Según él, la madre del Cúster tenía otras cosas en las que pensar, en el bienestar de su chulo, para empezar. Si el tío montó la que montó en el pueblo de su abuela fue porque estaba mal de la cabeza y punto. No se cree que llamara a su casa para dar un disgusto a su madre.

Vamos a dejarnos de explicaciones pues. No estuve allí. Todo lo que sé, lo sé por boca del Parisino y sus amigos. Al Cúster no se le puede preguntar. No está para nadie. Ni se acordará ya de que volvió del pueblo con un cáliz chapado en oro, adornado con piedras supuestamente preciosas.

Sé que tarde o temprano me casaré con ella.

Típica frase del Pulga de hace unos años cuando hablaba de Clara. Presumible respuesta de cualquiera de sus amigos:

—Tú estás gilipollas.

Más tarde, cuando Santiago comprendió que efectivamente era gilipollas por pensar que Clara se casaría con él, se dedicó a coleccionar amante tras otra. Llegó a mantener hasta cuatro novias a la vez, eso sin contar a las putas que se follaba ocasionalmente. Ya no era gilipollas por pensar que se iba a casar con Clara. Lo curioso es que sus colegas, cuando hablaban con él acerca de su última conquista, seguían pensando lo mismo.

—Tú estás gilipollas.

La única diferencia es que ahora ninguno de ellos se atrevía a decírselo a la cara. Con el tiempo el Pulga se había forjado una fama de tipo temible e implacable en los negocios. Los que le conocían sabían de sobra que nunca olvidaba una falta de respeto. Ahora bien, eso de que llevara siempre una agendita con una lista negra ya me parece un poco exagerado. No creo que estuviera tan loco. Pero podría ser: esta gente no es lo que parece. La tele nos los suele pintar con caras de malo, maleducados y voces roncas. Previsibles, o sospechosos cuando menos. Los habrá que sean así, el Pulga no. En su momento de mayor esplendor pudo llegar a mover fácilmente una decena de kilos de cocaína a la semana y sin apenas despeinarse, para eso pagaba a dos mulas que se encargaban de recoger los paquetes, pagarlos y colocarlos. El sólo acordaba el precio y el nombre; Pilar para la escama, Consuelo si se conformaba con tiza. Además era socio de un concesionario de coches de lujo y un puticlub por la N-2. Se le podía ver por Majadahonda en su enorme mercedes negro, a menudo acompañado de una mulata llamativa o una rubia pechugona. Un mafioso en toda regla diría alguien. Y sin embargo las veces que he coincidido con él me ha demostrado un respeto e interés cuando menos tocantes viniendo de quien venía.

Y luego está su aspecto. Ligeramente rechoncho y con un discreto flequillo rubio. Tez sonrosada. No muy alto. Voz dócil. No sé, podría pasar perfectamente por un empleado de banca de segunda fila. No fumaba y de día solía pedirse un té con limón, como aquella vez que coincidimos en la cafetería Syrius. Ahí lo tenía, en carne y hueso, escuchándome con atención mientras le relataba alguno de mis proyectos sin futuro. Me miraba a los ojos, me llamaba por mi nombre y hasta me confiaba historias suyas, secretillos por así decirlo, como el del asalto a la sede de las Fe-Jons. No exagero si digo que me trataba de igual a igual a pesar de mi salario mínimo de operador telefónico y mi triste carrera de delincuente aficionado. Supongo que el hecho de que mi hermano se llame el Parisino en algo ayuda.

A parte de los sicólogos, que lo saben casi todo, nadie puede saber qué ha podido motivar la terrible recaída del Pulga. Es verdad que desde que se enteró por terceras personas de que una de sus mulatas tenía un hijo suyo, por ahí en algún lugar, no volvió a ser el mismo. Estaba locamente enamorado de esa venezolana. Pero también lo estuvo de otras muchas y ninguna se portó especialmente bien con él a pesar de todo el dinero invertido en cultivar las relaciones. Yo creo que Santiago siempre quiso montarse una familia convencional con hijos, perros y ese tipo de cosas. Clara, la cajera de supermercado, fue su primera candidata a mujer ideal. Y ya se sabe aquello del primer amor. Te marca de por vida. Y, claro, si la primera cosa de la que te enamoraste era una calculadora humana, empezamos mal.

Lo encoñadito que estaba… Si al principio se dejaba caer por la calle Acuerdo era por estar cerca de su amada. Lo de los porros, la batallitas del finde pasado, las pastillitas y los afters, le podían divertir, pero no encajaba del todo con su carácter pragmático. Para que nos entendamos: si a Víctor de las drogas le interesaba el poder que le podían proporcionar, o al Cúster su lado lúdico, para el Pulga suponían principalmente un medio para conseguir dinero. Y el dinero representaba para él la única manera conocida de ganarse el aprecio de las tías, incluso de las menos profesionales. Así empezó a juntarse con los de la calle Acuerdo. Primero para ver a Clara, después para financiarle sus vicios.

Creo que ya he dicho que la Clarita sabía lo que quería. El Parisino cuenta de ella que era una habitual de las sentadas en el parque de Valle Suchil. Solía aparecer cuando menos te lo esperabas, con una de sus camisetitas ajustadas y media sonrisa coqueta.

Como aquel día, hace ya más de trece veranos…

—Qué tal guapa —la saludó Víctor mientras le ofrecía el porro— ¿Qué tal se te ha dado la mañana? ¿Ha habido buena caja?

—Paso de fumar, gracias.

—Pero no me digas, ¿no te lo habrá prohibido tu novio?

—Qué coño dices... ¿De qué novio hablas?

—No me digas que tienes más de uno.

—Que yo sepa no tengo ninguno.

Sabía de sobra que así era, pero a Víctor nunca le había importado demasiado si algo era verdad o no. En ese aspecto era bastante descuidado.

—¿Os habéis pispado? La Clarita ha dado boletos al Pulga. Le has tenido que destrozar el corazón, tía...

—Pero qué dices... si nunca ha salido conmigo, idiota.

—Ya, lo vuestro era sólo sexo, ¿a que sí?

—Y si fuera así, ¿qué pasa? ¿Estás celoso o qué te pasa?

—Lo que no entiendo es para qué has venido aquí si no quieres fumar.

Clara dudó medio segundo. Bueno, conociéndola, más bien hizo que dudaba medio segundo:

—Esto, Angel..., —dijo con voz melosa— ¿tienes un par de pastis para pasar?

—¿Un par de pastis? —se mofó Víctor— ¿Qué tienes pensado hacer con ellas?

El Parisino negó con la cabeza:

—No, perotutienes, ¿eh? —le dijo al Cúster.

El Cúster miró a Víctor.

—¿A cuánto se las paso?

En lo que a pastillas se refiere, Víctor era el que cortaba el bacalao en el grupo. Desde que se dejaba caer por aquellos recreativos en Alcorcón el número de unidades vendidas a la semana se había triplicado. Había dado con una mina, asegura Angel. Y es que el muy cabrón conocía a uno de los empleados que, a cambio de un porcentaje ridículo, no sólo le dejaba faenar en el local, además le presentaba clientela nueva cada dos por tres. Un negocio redondo, vamos. No olvidemos que era la época de cuando las pastillas eran éxtasis. Se podían llegar a vender al doble y al triple de las pastillas que conocemos hoy en día y, por si fuera poco, te las quitaban de las manos. La actual superproducción aun estaba por llegar. A Víctor se las dejaban más baratas porque mayores era sus pedidos. De ahí que en poco tiempo se hubiera convertido también en el proveedor de los de la calle Acuerdo, y el bueno de Cúster tuviera que consultarle el precio. Pero Víctor no le estaba prestando atención.

—Mira tú quién viene por ahí —dijo, mirando por encima del hombro de Clara— Ya estabas tardando; tienes a tu novia impaciente.

—¿Ya estás con tus payasadas? —el Pulga le miró con cierto desprecio—. ¿No te cansas?

No le imponía demasiado Víctor. Lo consideraba un bocazas y, por lo general, no solía tener reparos en decírselo.

—Bueno, ¿qué? ¿Me vais a pasar algo? —Clara tenía prisas. La estarían echando en falta en el súper.

—Y tú qué nos das a cambio —le preguntó Víctor.

—A cuánto me las vendéis.

—Depende cuánto estés dispuesta a darnos.

—¿Tres quini cada una?

—Mejor te las regalamos, ¿qué te parece?

—¿Cuatro, entonces?

—Fuera de coña, Clarita; que te las regalo.

—Qué gracioso.

—No, en serio. Sólo tienes que darle un beso en la boca al majete del Pulga.

—¿Qué...?

—Tú sigue haciéndote la tonta, guapa, que al final te vas con las manos vacías.

Mientras Clara parecía pensárselo, la otra parte implicada se vio en la obligación de decir algo:

—Tienes la gracia en el culo.

Sin embargo Clara no parecía del todo de la misma opinión.

—¿Los dices en serio?

Víctor le enseñó la codiciada bolsita.

—Pero tiene que ser con lengua, ojo.

Clara se giró hacia el Pulga.

—Conmigo no cuentes —le dijo éste.

Ella miró a Víctor como diciendo "si no él no quiere no puedo obligarle." Pero ahora Víctor tenía dos pastillas en la palma de la mano y se las tendía a la chavala.

—Tú verás, bonita, si las quieres o qué.

Clara agarró primero las pastillas y luego la cintura del Pulga, quien de repente se había puesto rojo como un tomate. Parecía hipnotizado por la mirada pasional de la chavala. Por supuesto se dejó morrear. Yo también me hubiera dejado, sin dudarlo y bajo cualquier circunstancia. Era tal la sensualidad que desprendía la chica, que no veo qué animal vivo hubiera podido contenerse. De todas formas no creo que las motivaciones del Pulga fueran exclusivamente de carácter sensual. Seguro que pensaría que Clara le estaba dando un beso por que en el fondo algo había. No podía ser tan puta.

—Sois una pandilla de chiquillos —dijo ella mientras se alejaba con los dos bultitos en uno de los bolsillos traseros de sus pantalones. Y, dicho sea de paso, me suelta mi hermano, qué pedazo culo tenía la muy golfa.

En ese mismo parque de antes, las madres de Víctor y David solían coincidir cuando sacaban sus críos a tomar el fresco. Por aquel entonces la madre del Cúster aun no tenía fama de puta y seguía casada con el policía. Hasta se podría decir que era una joven esposa feliz con un adorable niño de tres años, si es que eso tiene algún sentido para alguien. A la madre de Víctor, que sigue casada con un militar, me la puedo imaginar con un peinado horrible de finales de los setenta y una camisa con cuellos largos, cursi y repipi como ella misma. No tengo ni idea de si la mujer del militar y la del policía hacían buenas migas. Lo que se cuenta, sin embargo, es que lo dos niños eran uña y carne. Menudas montaban cuando los separaban. Un drama a pequeña escala en el que las mamás se veían obligadas a arrastrarlos por el parque en medio de lloros, pataletas y amenazas. Pero qué bonito, por otra parte, que dos niños a tan tierna edad se quieran de esa manera. Y que luego esa amistad y cariño perdure hasta pasada la adolescencia realmente llega a emocionar. Con cuatro años compartían los juguetes en el parque. Con siete la merienda y las chucherías en el instituto. Con ocho los juguetes "tomados prestados" a sus padres o hermanos mayores. Con nueve el dinero del monedero de las mamis para ir a jugar a las maquinitas. Con once los porros… Y luego los robos, el primer amor, la pellas, la primera detención; todo al unísono, como si de una competición se tratara. Y es que la amistad es algo grande. Un gran concepto. Tanto es así que no creo que esté a mi altura abordarlo. De hecho no conozco ningún gran amor, ninguna gran amistad, ninguna hermosa fraternidad que no haya acabado arruinando la vida a terceros. Ya ves.

Lo que sí que puedo afirmar, en cambio, es que en alguna parte he oído decir que una relación apasionada ha de componerse de un sujeto débil y otro dominante. Tal vez por una cuestión de compatibilidades o algo así. En tal caso no cabe duda de que Víctor sería el sujeto que maneja las riendas. Lo llevaba escrito en la mirada. La mirada lo es todo cuando se trata de dominar o ser dominado y cuando el tío te hablaba sentías que te estaba dando por culo con ella. Dicen que no escuchaba cuando le hablabas. Vale, pero es que Víctor no necesitaba escucharte, sabía de sobra lo que ibas a decir. Nada le sorprendía, nada le afectaba. Descolocaba. No daba tiempo a reaccionar al contrario. Nunca bajaba la guardia. Porque para él todos éramos enemigos, pero no potenciales, enemigos reales. Era la manera que tenía de entablar las relaciones. Creaba tanta tensión que, al final, lograba bloquearte, anularte. Y se suponía que este tipo era el cerebro de la banda de la calle Acuerdo.

De hecho suya fue la idea de asaltar la sede de las Fe-Jons de la calle Alcalá.

Cuando Cúster se declaró falangista nadie le hizo el menor caso. El día que apareció todo vacilón con su carné de afiliado, tampoco. Y es una lástima... ¡por una vez que el chico se nos ilusionaba con algo que no creara adicción! Sólo Víctor, a su manera, le concedió un poco de atención.

—Falangista, ¿se nace o se hace?

—No sé —le contestó el Cúster—, pero no todo el mundo puede serlo.

—¿Ah, no?

—No, un negro no puede serlo. Un comunista tampoco. Es así. Digamos que hay que cumplir ciertos requisitos.

Era una pérdida de tiempo, creo yo, intentar tomarle el pelo al Cúster: dijeras lo que dijeras, siempre te seguía la corriente. Ya podías tocarle las narices e incluso insultarle, que ni se inmutaba. Nada que hacer. Tenía el don de no tomarse nada en serio; si por ejemplo pretendías despreciarle diciendo que su madre era una puta, igual, intrigado, te respondía que cómo lo sabías, que si la habías visto ejercer o si por casualidad te la habías follado, y ya que estamos, si tenía todavía las tetas duras, blandas o caídas, porque él ya no se acordaba, hacía un huevo que no se las tocaba, desde que era bebé por lo menos... En cierto sentido daba miedo. Cualquiera le diría incapaz de albergar dependencia emotiva alguna; nada ni nadie le afectaba. Es difícil comprender entonces cómo una persona que pasaba tanto de todo haya acabado tan enganchado a la heroína y tuviera esa fijación enfermiza por Víctor. Un misterio.

Cuando pienso en aquel Cúster, no puedo remediar ver a un chaval capaz de haber alcanzado cualquier meta propuesta, un privilegiado. Un tío que se juntaba con gitanos, ultrasur o niños de papá sin desentonar, a la fuerza debía de ser capaz de embaucar a cualquiera. Y de esto a conseguir lo que se quiere en la vida, sólo hay un paso. En cambio ahí lo tenéis ahora, más tirado que una colilla, arrastrándose sin rumbo por esas mismas calles que años atrás pisaba con la irrefrenable excitación del que se va a comer el mundo. Esa misma excitación con la que, ya que estamos, explicaba las ventajas de pertenecer a un partido falangista:

—¡El camarada Silvela lleva una pipa encima!

Y como si quisiera ratificar sus palabras, se presentó un día en la calle Acuerdo con un par de proyectiles. Se los había dado aquel compañero como recuerdo o en muestra de amistad, o inicialización, o vete tú a saber por qué motivo le regala un falangista de mediana edad dos balas a un adolescente. Aunque, bien pensado, tampoco cabe descartar que se las hubiera mangado.

—Qué guay, David. ¿Qué vas a hacer con ellas? ¿Un collar?

Puede que Víctor estuviera algo celoso. A su amigo de infancia de repente le había dado por juntarse con unos fanáticos desconocidos. Puede, pero no me pega. Me pega más que lo estuviera poniendo a prueba. En ese caso el Cúster picó cuando salió con aquello de que podía conseguir una pistola si se lo proponía.

—Qué tipo de pipa —le preguntó Víctor.

—Qué más da, no sé…

—Sí que da, con una automática nos sacamos el doble.

—¿Qué pasa? —preguntó el Parisino—, ¿piensas venderla?

—¿Para qué la quieres si no? No me digas que estás pensando cometer un delito a mano armada, loco.

—¿Y por qué no?

—No tienes cojones.

—Masquetu, mira.

—¿Seguro?

Esta vez el Parisino no abrió la boca. Puede que también hubiera picado el anzuelo. El, sin embargo, asegura que pasaba de discutir con Víctor. Sea como fuere, los de la calle Acuerdo nunca dieron un atraco a punta de pistola. No como grupo en todo caso. El Cúster y Víctor si que lo han hecho, por separado y años más tarde. Pero esa ya es otra historia. Ahora lo que cuenta son estos cuatro chavalitos de dieciséis a diecisiete años, con fuertes personalidades y pocas ganas de estudiar, que ni se consideraban a sí mismos una banda ni se identificaban con nada en concreto, como no fuera de marca y estuviera de moda o, claro está, colocara. No había ni conciencia de grupo, ni jerarquías, ni siquiera intereses comunes. El grupo se organizaba a salto de mata, dependiendo de lo que fuera surgiendo. A pesar de todo, sin comerlo ni beberlo los tíos acabarían controlando el tráfico de cocaína del barrio y gozando de cierto respeto por parte de las siempre irreverentes nuevas generaciones. Lo cual es, bajo cierta perspectiva, mucho más de lo que algunos hemos conseguido en todo lo que llevamos de existencia.

El centro de operaciones estaba situado enfrente del súper de la Clarita. Al menos que lloviera, entonces solían verse en unos recreativos de Galileo o en un bareto de Alberto Aguilera que, si bien les protegía de las inclemencias del tiempo, ofrecía el inevitable trastorno de los horarios. Lo bueno de la calle es que permanece abierta las veinticuatro horas del día, es lo que tiene.

Mi hermano me da la razón, los de la calle Acuerdo no solían planear los palos. Los muchos que dieron surgían más bien de manera espontánea, como quien no quiere la cosa. Lo mismo aparecía un día el Cúster diciendo que un colega se había hecho con un todo terreno y, ya que no tenían nada mejor que hacer esa tarde, qué les parecía si se iban a la sierra a marcarse un alunizaje. O ¿qué tal un viajecito a Canarias para subirse unos paquetes? O... tengo un pibe que me consigue un melón a cuatro si se lo pago por adelantado, ¿quién se apunta? Otras veces surgían motivados por los típicos piques entre adolescentes. Me juego mil duros a que me levanto tres bolsos de vieja en menos de una hora, ¿quién me lleva en la moto? En resumidas cuentas, aunque no saliera exactamente como lo concibieron, el palo a la base de las Fe-Jons fue su primer y tal vez único plan estudiado y llevado a cabo. Decidieron quedar al día siguiente, mismo sitio y misma hora, para ultimar detalles. El Pulga se dejó caer por ahí también y, ya que estaba, se sumó al proyecto.

Apenas disimulaba el Cúster su entusiasmo cuando anunció a bombo y platillo que sus camaradas de partido disponían de un verdadero arsenal en la base de la calle Alcalá.

—¡Bombas y todo!

—Ya claro, cómo no —al igual que los demás, Víctor sabía que exageraba. El Cúster era muy dado a inventarse ese tipo de cosas. De hecho, ahora que caigo, puede que su mote proviniera de todas esas batallitas que tanto gustaba contar. Así todo, seguro que Víctor pensaba que de la sede de un partido de extrema derecha algo sustancioso has de sacar por narices. No sé, hasta puede que tenga sentido.

Decidió que había que entrar en las oficinas ese mismo sábado como fuera.

—¿Pasado mañana?

—Para qué esperar más tiempo.

—Sin problemas —aseguró el Cúster—. Dentro del portal hay una puertecita de mierda que da al patio anterior. Es una planta baja, así que no hay ni que escalar siquiera…

—Mejor si consigues las llaves.

—¿Las llaves? Ah, vale. Esta misma tarde las tienes —afirmó el Cúster con la misma seguridad y despreocupación con la que solía entrar a diario en la oficina del partido.

Lo primero que hacía era saludar a Olga con un beso en la mano.

—Deja que te diga que hoy estás especialmente radiante.

—No empieces otra vez, que te conozco. ¿Qué, hoy tampoco vamos al instituto?

—Dime una cosa, Olga —le podía preguntar sentado en el pico de la mesa—, cuándo vas a dejar de hacerme sufrir y permitir por fin que un día te invite a cenar a un restaurante como está mandado, tú y yo solos.

Viniendo de otro chaval que no fuera el Cúster, una proposición semejante a una secretaria de más de cuarenta años, pintarrajeada y con las raíces del pelo descoloridas, sonaría ridícula o, cuando menos, a tomadura de pelo. Pero David era un seductor nato. Había que verle, repeinado hacia atrás y con aquellas camisas finas que resaltaban su pálida delgadez, moviéndose por la vida como un poeta romántico. Las volvía locas. Ellas no podían más que reírse tontamente:

—Anda, vete ya antes de que te de un cachete por descarado.

—Hasta luego, princesa…

Y, sin llamar a la puerta, entraba en el despacho del Silvela:

—¡Arriba España! —gritaba cuadrándose firme, mirada al frente, clásico saludo romano incluido.

Al viejo se le caía la baba sólo con verle:

—¡Arriba! —gritaba a su vez, emocionado, incapaz de retener una efusiva miríada de esputos.

—Vamos, camarada, dispara, ¿qué podemos hacer hoy por el partido?

El Cúster lo decía un poco por decir, tal vez llevado por su contagioso entusiasmo. La verdad sea dicha, nunca había movido un dedo por el partido. De hecho si todavía me cuesta explicarme cómo Silvela consiguió que lo aceptaran como miembro militante, el que lo mantuvieran me parece ya una movida de lo más oscura. Seguramente ya debía de andar algo desesperada la Falange Española por aquella época para acoger a un drogadicto menor de edad, que no pagaba una cuota y rara vez asistía a un evento político. De hecho a nuestro amigo le parecía bastante insoportable la dialéctica de Silvela y demás camaradas. ¡Por Dios y la Patria…! No hay que confundir modernidad con inmoralidad o progreso con relativismo ético, le decía a nuestro amigo. Y se quedaba tan pancho. Cuando se ponía en ese plan, la manera más rápida para cortarle los pies era soltar lo de ¿qué podemos hacer hoy por el partido, camarada? Pero como ya lo había utilizado, Cúster decidió salir con un apocalíptico "¡España está enferma, Silvela!"

—Lo sé, querido David. España nos necesita y el Partido necesita a gente joven, sana y con agallas, que no se desmoralice ante la plaga de depravación y droga que infesta nuestra juventud española…

Ese tipo de rollo, vamos. Por lo general la función del Cúster en el organigrama del partido no era otra que la del chico de los recados. Recoger folletos de la imprenta, acudir a las despobladas manifestaciones, captar nuevos adeptos, y poco más. Pero, aseguraba tajante el Silvela, no tenía de qué preocuparse: con el tiempo se le asignaría más responsabilidad.

—¿Cómo te crees que empecé yo, David? Y mírame ahora. Delegado Zona Oeste. Despacho propio y sueldo del partido.

Aseguraba que tenía depositadas grandes expectativas en el chaval. Yo, en cambio, apostaría más bien que el tal Silvela padecía de marcadas tendencias pederastas o complejo de padre o alguna perversidad del estilo. Dicen que a punto estuvo de jugarse el puesto cuando intentó encubrir a su pupilo en ocasión del mencionado asalto.

Se relamía teniéndolo a su lado, nunca le reprochaba nada, era su ojito derecho por así decirlo. Angel cuenta todo esto porque tuvo ocasión de verlo de cerca. Dice que más de una vez el viejo se dejó caer montado en su vespa sesentera por la calle Acuerdo. ¿Habéis visto a David, lo habéis visto? Parecía como si andara buscando a su noviete, asegura mi hermano. Y si no lo encontraba era como ¿sabéis dónde ha ido?, lleva dos días sin aparecer por la sede, estoy preocupado. Todo ansioso que le tenía el Cúster al pobre hombre.

—Y a ti que coño te importa dónde este nuestro colega —le respondió desafiante una vez Víctor.

Y el falangista se nos puso nervioso, como si escondiera algo, con esa típica sonrisa forzada de estreñido. Otros días Angel los veía pasar en la vespa del viejo, camino del Galaxia, la cafetería donde Silvela se reunía con la viejas glorias del partido.

—Un día te van a tomar por su noviete —le avisaba Víctor con su habitual mala leche.

—Pues vale, mientras el tío siga pagándomelo todo me la suda lo que piense la gente.

Por mucho que se diga, no todo el mundo sabe ser un mantenido. El Cúster valía para eso.

—Una racioncita de pata negra —sostenía complacido— me sabe más rica si me la pagan.

De hecho siempre se pedía una si el viejo le invitaba a una cerveza. Aquel viernes por la tarde no sería una excepción.

—Y unas gambas, ya que estamos —añadió antes de que el camarero se diera la vuelta. Se lo podía permitir, después de todo era el centro de atención entre tanto carca cincuentón y barrigudo.

—Cuéntales lo que piensas de los maricones —le espoleaba Silvela.

Con un brazo por detrás del respaldo de la silla y fumando como un jodido marqués, la joven estrella se tomaba todo su tiempo antes de responder.

—Son como los árboles de navidad.

—¿Ah, sí?

—Sí… —afirmaba a la vez que aspiraba una larga calada—. Tienen las bolas de adorno.

Y entonces las risotadas de los cincuentones retumbaban en todo el local, y tan rojas e hinchadas se volvían sus caras que daba la impresión de que fueran a estallar.

—¿Y los rojos, David? —preguntaba otro viejo facha.

—¿Los rojos…? Peor que los maricones, esos encima se reproducen.

Y otra vez todos a descojonarse de la risa.

—No sé de qué os reís tanto. Lo digo muy en serio.

Y los viejos ya sí que se partían en dos. David los observaba desde su insultante juventud, dibujando aros de humo en el aire. Por cierto, ya le había robado las llaves al viejo cuando viajaban en la Vespa. Por Víctor, las Armas y las Drogas. ¡Arriba España!

Bueno, pues ahora resulta que el fin de semana pasado la mala bestia de Gonzalo ha leído lo que llevo escrito. Y todavía no había cambiado los nombres a los personajes. Gonzalo es amigo íntimo de Rubén y a estas alturas ya le habrá contado que estoy escribiendo una especie de novela en la que, por así decirlo, me voy de la lengua. Si a esto añadimos que al bar de copas de Rubén suelen ir de vez en cuando el Pulga y Víctor, ya me puedo ir dando por jodido. Y, claro, así no se puede. ¿Qué coño es esto? Un poco de seriedad, por favor. Bastante me cuesta ya meterme en el papel, como para que encima factores externos vengan a enredar más el asunto.

Hasta ahora iba imprimiendo los capítulos para que el Parisino los fuera supervisando. Necesito su ayuda para poder creerme lo que estoy contando.

—Pues claro que me cabreo; no tiene ningún sentido que Gonzalo meta sus narices en esta historia.

Estábamos tomando el aperitivo en casa de nuestra abuela cuando, como si tal cosa, me soltó la noticia.

—No fue culpa mía; el tío lo leyó mientras yo estaba en el piso de arriba, durmiendo.

Al final acabamos discutiendo porque, según él, en el precio de una casa va incluida la reforma. Yo sostenía que la reforma va a parte. Tú puedes ir haciendo reformas por el resto de tu vida y eso no significa que la casa fuera más cara el día que la compraste. Bueno, o algo así; tampoco me acuerdo muy bien cuál era mi razonamiento. El caso es que Angel siempre ha de tener razón, así que acabó diciendo que no iba a seguir discutiendo por una tontería semejante, cuando saltaba a la vista que yo tenía un mal día y por eso me ponía en ese plan. Lo que no le dije es que a lo mejor no tendría un mal día si no hubiera permitido que Gonzalo se metiera donde no le llaman. Ahora ya no me encuentro a gusto. Dicen que si depositas una cría de gorrión extraviada en su nido, su madre, al percibir la impronta humana, la repudiará. Bueno, pues ahora la mala bestia de Gonzalo ha puesto las zarpas en esta historia desmarrida y yo ya no sé qué hacer con ella. A estas alturas me jode tener que incluirle y contar lo loco que está, lo animal que es... Bastante tengo con aguantarlo ahí fuera, en carne y hueso... Y el otro que dice que tengo un mal día... Di que sí, Angel: mañana, cuando me levante a las cinco y veinte de la madrugada para ir a currar, será otro día, seguro que sí, por muy de noche que sea a esas horas...

Y es que tarde o temprano los amigos de mi hermano siempre tienen que venir a joderla. Es así. Rubén, Gonzalo... En cuanto el chaval se encuentra un poco mejor, más integrado, más ilusionado, allí los tienes llamando a la puerta para llevárselo de vuelta por aquellos derroteros. Llevan mil años haciéndolo y él, por su parte, dejándose llevar.

Si por lo menos se lo llevaran de verdad... pero, no, siempre te lo acaban devolviendo. Eso sí, hecho una mierda. Y luego toca recomponerlo, arrejuntar los cachitos, insuflar esperanza a base de proyectos como éste... Por eso sigo tecleando, por eso no quiero que nadie interfiera. Demasiado bien los conozco... Víctor, sin ir más lejos. Con veinte años se había casado con una colombiana e ido a vivir a su país.

Volvió dos meses después, con una cicatriz en el costado y la mirada más loca aun si cabe. De su mujercita no sabemos nada. Tampoco sabemos qué le pasó a él en Colombia; pero ahora ya no hablaba ni sonreía tanto. Se ha especulado muchas cosas. Que estuvo en una cárcel colombiana... preso de una mafia que pedía rescate a la familia de ella... que había matado a no sé quién y por eso tuvo que volverse de repente y dejar a su mujercita allí. O algo peor.

Estamos de acuerdo en que amistades de este tipo no convienen lo más mínimo.

Pero a lo que iba. Cuando Pati le dijo que había tirado la bolsita a la terraza de los vecinos, Rubén le arreó tal bofetón que cayó de culo al suelo. Y ya iban dos en menos de veinticuatro horas.

—Puta.

—Macarra —contestó ella.

No he dicho que en la actualidad Pati es licenciada en derecho y siempre ha sido una estudiante de notas sobresalientes y con las ideas muy claras sobre lo que debía depararle el futuro. Con esto me gustaría dejar claro que, a pesar de su belleza y marcada adicción a la cocaína, la chica no era ninguna idiota. El que estuviera a punto de estrellar un espantoso jarrón en la cabeza de su novio, se debía más bien a una cuestión de carácter. Estamos ante una de esas chicas temperamentales que, a modo de válvula de escape, necesitan romper cosas de vez en cuando. Angel cuenta que el proyectil, esquivado por los pelos, acabó hecho añicos al impactar contra la pared.

En lo que a Rubén se refiere, había dejado de estudiar a los quince, pero también disponía de un carácter un tanto impetuoso. Cuando comprendió que venía de ser objeto de un ataque en toda regla, primero enrojeció de la ira y, acto seguido, se abalanzó sobre su agresora. Agarró a Pati por la camiseta y tirando de ella con ambas manos, como si de un lanzamiento de martillo se tratara, la envió contra el mueble del televisor. Más tarde volverían a poner el aparato en su sitio, pero mi hermano sostiene que la pantalla agrietada no había quien la disimulara.

—¡Pero quién te has creído que eres tú! Macarra de mierda. ¡Mira lo que me has hecho!

La chica sangraba de la espalda.

—¿Te has hecho daño?

—¿Cómo que si ME he hecho daño? ¿Qué pasa, que acaso me he caído sola? Estás gilipollas, Rubén, ¿o qué te pasa?

—Quería decir que si te duele.

—Tú qué crees.

—Bueno, vale no pongas esa cara. No quería hacerte daño. Pero es que tú también, joder.

—Yo también, joder…, ¿qué? Os veo llegar con dos maderos y qué pretendes que haga… ¿sabes el puro que te meten si te pillan con cien gramos de coca?

El chaval calló. Por un lado comprendía que se había pasado al lanzar a su novia contra un mueble, por otro, al escuchar de nuevo lo de los cien gramos, le entraron ganas de pegarle una patada en la cara. Pati aprovechó el momento de vacilación para tenderle la mano:

—¿Me ayudas a levantarme?

Tras emitir un gruñido remolón, accedió a ayudarla. Pero le advirtió:

—Que no se vuelva a repetir, ¿eh?

Eso le dijo. Que no se vuelva a repetir. ¡Como si tuvieran otra bolsa con cien gramos que la muy capulla pudiera tirar por la ventana! Angel empezaba a estar muy harto de aquellos dos. Por eso decidió tomar cartas en el asunto y salir de ahí. Por la ventana que lo hizo.

*

Angel dice que no esperaba encontrarse a nadie en la habitación. Supongo que la pareja de jubilados alemanes tampoco. Le mirarían cuando menos incrédulos al verle aparecer por la ventana con una camiseta de Spain Is Different. El Parisino, por su parte, ni les saludó. Tenía otras cosas en qué pensar en este momento. Si al cabo de un rato acabó dirigiéndoles la palabra fue porque, después de buscar detenidamente por el suelo, no encontró lo que venía buscando.

—¿Hanvisto unabolsita conalgoblancodentro?

Como no hablaba inglés, ni por supuesto alemán, probó a repetir la frase, pero esta vez articulando muy despacio y con gestos de las manos. A veces le surtía efecto. No en este caso; por lo visto la pareja no entendía una palabra de castellano. A todo esto me pregunto cómo el Parisino podía saber que se trataba de alemanes.

—Porque tenían pinta de alemanes —me suelta, completamente convencido.

—En ese caso me callo. ¿Y no pensaste que a lo mejor habían llamado a la policía después de encontrarse una bolsa con cocaína en su terraza?

Parece una observación de lo más pertinente. No para mi hermano en todo caso:

—¿Cómo van a llamar a los maderos? Los tipos no hablaban una gota de español… Además, te digo ya que tenían una pinta muy pero que muy rara. Parecían una pareja de hippies retirados o algo peor. Lo que hice fue cerrar la puerta de la habitación por dentro y guardarme la llave en el bolsillo, por si las moscas.

Luego empezó a registrar la habitación a conciencia. Levantó el colchón. Desempaquetó souvenirs. Descolgó la ropa de los armarios. Rebuscó a fondo dentro del bolso de la señora.

Cuenta que en el armarito del cuarto de baño encontraría decenas de medicamentos distintos, pero ninguno le valía.

—Cuando ya sí que lo flipé fue cuando me encontré en uno de los cajones de la mesilla de noche una ristra de condones. Ya les vale a los viejos, ¿no te parece? ¿Tenían miedo que la vieja se quedara embarazada… o qué hostias se traían entre manos?

—¿Y ellos qué hacían mientras tanto?

—¿Los viejos…? Al principio, nada. Estaban los dos, ahí, agarraditos en una esquina, mirándome con cara de alucinados.

No fue hasta que Angel empezó a revolver la ropa interior de la señora, que ésta abrió la boca.

—Dijo algo en alemán. Como si me estuviera amenazando o yo qué sé. "Qué te pasa", le pregunto. Y la tía que se me acerca con su cara arrugada, alucinada. Yo estaba tan flipado que la vieja me plantara cara, que al principio no hice nada cuando cerró de golpe uno de los cajones. No me pilló los dedos de puta coña, ¿tú te crees? "¿Estás gilipollas o qué te pasa?", le dije. Me puse de pie y la pegué tal empujón que casi se me cae por la terraza la mujer. Entonces el viejo se abalanzó sobre mí. Ahí me convencí de que los cabrones me querían hacer todo el lío, que tenían que tener la coca escondida en algún lado, si no de qué tanto alboroto… El viejo se llevó un bofetón en toda la jeta, así, para abrir boca. Tenías que haberle visto la cara. Se puso rojo como un tomate el hijoputa. Creo que le hubiese gustado darme. Y a lo mejor lo habría hecho, si no hubiera visto aparecer al loco de Rubén colándose por la terraza.

—¿Qué hostias está pasando aquí?

—Estocabrones sequieren quedar connuestro perico.

Como primera reacción a Rubén se le hincharon las aletas de la nariz.

—¿Que estos hijos de puta se quie…? —Luego recapacitó:

—¿Cómo que se quieren quedar con nuestro perico?

—Loqueoyes, tronco.

—No me vuelvas loco tú también. Pati no ha tirado aquí la bolsa. Me lo acaba de confesar.

—¿Entonces?

—La ha vaciado por el retrete.

—Nomelocreo.

—Pues créetelo.

Por muy evidente que parezca, Angel no comprendió en el momento que se trataba de una torpe mentira. No tenía la cabeza para pensar. Según él, lo único que atinaba a discernir, así a grosso modo, es que la cosa apestaba. No entendía nada. Cualquier cosa que le hubieran dicho en ese momento le habría sonado a chino. Bastante con que pudiera hablar todavía… Sólo una cosa tenía más o menos clara. Quería la bolsa y ésta ya no estaba. Ya no estaba… ¿Para qué coño había estado entonces aguantando las continuas gilipolleces de aquellos dos? Vale, necesitaba a alguien que tuviera buga y, por otro lado, Pati disponía de contactos en Marbella para colocar el tema. O eso decía ella. Pero ahora ya no había nada que colocar. ¿Entonces? ¿Se volvían a Madrid con las manos vacías? Y una mierda, esto no iba a quedar así, no que no. Algo raro estaba pasando. No sabía el qué y, de hecho, nunca llegaría a saberlo del todo. Hasta se le pasó por la cabeza que Rubén y Pati estuvieran compinchados con los alemanes, mira por donde. Y es que la paranoia es insidiosa y contundente. Te nubla. Sólo una cosa tenía presente: me están tangando, me están tangando y voy a dejar de ganar lo que me corresponde. Además, dicho sea de paso, le apetecía ponerse un tiro, enormemente.

—Vale, tronco —le dijo a Rubén articulando con esfuerzo cada palabra—. Ahora escúchame bien lo que vamos a hacer.

Rubén puede llegar a ser muy impulsivo, caprichoso, violento y todo lo que se quiera, pero si había un verdadero psicópata en aquella habitación ése era mi hermano. Sé de qué hablo.

—Tevas aír colviejo asacardoskilos delbanco.

—Sí, hombre…

—Yo mequedo conlavieja derehén —y mientras decía esto, desenfundó una almohada.

Ahora, la pareja de jubilados no eran los únicos asustados.

—No se puede… —objetó Rubén con la boca chica— Es

imposible sacar tanta mosca de una vez.

—Tuhaces loquetediga —le ordenó, acercándose a la vieja. Cuando comprendió sus intenciones, la mujer empezó a dar gritos de auxilio. Segundos después quedaba amordazada con la funda de la almohada. Rubén se encargó de sujetar al otro.

—Esto es un locura tío —objetó a la vez que le arreaba un rodillazo al viejo en la pantorrilla, cuestión de calmarlo un poco.

El Parisino no respondió. Volvió del cuarto de baño con un puñado de ampollas y una jeringuilla. El alemán no paraba de hablar en su idioma, como si los chavales pudieran entender sus palabras. Lo más seguro es que estuviera suplicando que dejaran en paz a su mujer, dado que el Parisino, apostado junto a ella, venía de vaciar dos ampollas hasta rellenar por completo la jeringuilla. Mira, viejo, ¿qué te parece si le enchufo un viaje a tu esposa?, le dijo en su espídico lenguaje mientras apretaba la aguja contra el pellejo del cuello de la señora.

El alemán calló de golpe e hizo gestos con las manos en actitud sumisa, rogando que no lo hiciera.

—Tú, cogel bolsoése. Hayuna chequera. Sácala.

Rubén obedeció y Angel señaló el librito con el dedo para que el alemán prestara atención.

—Bien, más tevale cahora tepispes muybien de lo quete viadecí.

Puedo imaginarme al anciano con el ceño fruncido, esforzándose con todo su alma por intentar comprender aunque sólo fuera una de las palabras de Angel.

—¿Vesmisdedos? Dos. Dosmillones. Te vasaír al banco conmicolega y los vasasacar osino tu esposa ¡kaput! Kaput síqueloentiendes, ¿verdad?

Estoy convencido de que en aquella época, Angel era perfectamente capaz de empujar el émbolo. Es mi hermano y tal vez no debería decir estas cosas, pero bueno; él es el primero que quiere que las casque. Es más, si no he oído contar la historia de la pareja de alemanes tropecientas veces de varias bocas no la he oído nunca. Hoy en día se ha vuelto una especie de leyenda por lo que es difícil saber qué sucedió realmente. Angel asegura que clavó con todas sus fuerzas la jeringuilla en el cuello de la vieja. Ahora dice que no sabe porqué lo dio por ahí. También es verdad que llevaba dos o tres días sin dormir, bebiendo y enchufándose. Y en aquellos instantes le apetecía horrores ponerse un disparo. Y el viejo que no quería comprender. Y Rubén no paraba de poner pegas. Y él estaba muy emparanoyado, ya lo ha dicho. Y de la misma forma que no podemos sentir el dolor ajeno, nunca comprenderemos qué entiende Angel cuando dice que estaba emparanoyado. Puede que estuviera demasiado agotado, que le costara pensar, o que sobre todo le costara no pensar, o que quisiera volver a Madrid con los suyos, que tuviera demasiada rabia acumulada... O simplemente estaba enfermo. Vete tú a saber. A mi hermano no le gusta hablar de sus sentimientos. Y ya que estamos, a mí tampoco. No me sale. A los dos nos molesta esa gente que pretende saber qué sienten los demás en situaciones dadas. En algo nos teníamos que parecer después de todo... Las palabras y los sentimientos son dos cosas demasiado diferentes. Y aquí no se trata de hacer poesía; no olvidemos que tenemos a una vieja, supuestamente alemana, con una jeringuilla rellena de no sabemos qué, clavada en el cuello. A todo esto se impone una pregunta.

—No —me responde Angel—, a pesar de lo que te hayan podido contar por ahí, no me la cargué, qué va.

—¿Entonces?

La anciana señora debió de girar el cuello en el momento en que Angel empujaba la jeringuilla y la aguja se rompió, quedando clavada en la epidermis. O algo así sucedió. Nada grave; pero Rubén se asustó y, como una exhalación, salió por donde había entrado. El alemán, desquiciado, aprovechó para saltar sobre Angel. La vieja, amordazada y a pesar de su avanzada edad, secundó a su marido. Ahora Angel tenía una pareja de jubilados encima de él. Y lo que es peor: ¡le estaban pudiendo!

—¡Rubén…, quiereshaceralgo, joder!

Lo que más disgustó a Angel, asegura él, más incluso que la traición del espabilado de Rubén, fue el aliento mortecino del alemán. Además había que ver lo mucho que sudaban los viejos. A la buena señora le había dado por soltar una serie de bufidos asmáticos mientras le palpaba la entrepierna en busca de las llaves de la habitación; y su marido, venga y dale, puñetazos y más puñetazos que le arreaba, gritando a lo nazi. Angel se sentía cada vez con menos fuerzas, el haber adoptado la posición horizontal después de tres días sin dormir, le estaba relajando en cierto modo y sentía sus fuerzas desvanecerse poco a poco en un placentero hormigueo… Entonces, para colmo de males, empezaron a llamar a la puerta. Hecho nada extraño si se tiene en cuenta el jaleo organizado, y que la mayoría de los clientes del abarrotado hotel estarían en sus habitaciones arreglándose para ir a cenar. Lo raro, si acaso, es que el conserje no hubiera aparecido antes. En cualquier caso, cuando por fin decidió echar mano de la llave maestra, Angel ya no estaba en la habitación. Y es que los viejos habían bajado la guardia cuando oyeron la voz alarmada del empleado. Ayudado por la lubrificante capa de sudor, el Parisino logró escurrirse y pirarse a toda pastilla por donde vino, no sin antes, eso sí, llevarse consigo el bolso de la señora.

—Nunca se sabe, oye.

En Madrid cualquier día de primeros de agosto a las nueve de la mañana es muy probable que ya haga calor. Así que vamos a decir que iban en manga corta. Y con las camisetas empapadas de sudor por culpa del speed, la cocaína y la calurosa noche pasada en vela. Mi hermano pequeño, Angel, además de lo otro, se había tomado por lo menos tres cuartos de dragón rojo; así que no me cuesta mucho imaginármelo con los ojos como platos, la cara tirante, recto como una escoba… Más de una vez lo he visto llegar así a casa a la hora de comer, entrar en su cuarto y volver a irse dos minutos después, sin saludar ni despedirse.

—¿Y estoesun after-hours? —fue lo primero que dijo, extrañado, cuando llegaron al portal.

El Pulga propuso que tal vez sería mejor que, visto cómo iba, no entrara en la oficina. Pero ninguno secundó su opinión. Ni siquiera cuando Angel se empeñó en utilizar el ascensor a pesar de que la sede estaba en la planta baja. De hecho le dejaron subir.

Contada por el Pulga, la historia podía sonar a una vieja gamberrada de juventud. Una más de tantas. A santo de qué salió el tema, no lo sé. Sé que estábamos en la cafetería Syrius, eso sí. El con su té, yo con mi tercio de Mahou. Tal vez la cosa empezaría porque le confesé que ya no pasaba, que lo había dejado y ahora trabajaba de telefonista. Su novia de turno también hacía algo parecido, mira tú por donde. Hay que ver cómo estábamos cambiando todos. ¡Yo y una novia del Pulga con un trabajo fijo!… ver para creer. Hace unos años nadie hubiera apostado un duro por ellos, aseguraba el Pulga entre risas. "Por aquella época éramos una pandilla de piraos". Esto, curiosamente, lo sostenía una persona que cinco años después —hace apenas nueve meses— se pasó tres semanas seguidas drogado, yendo y viniendo diariamente a Vigo. Lo sé porque utilizaba como campamento base la casa de mi hermano, aunque apenas durmiera o comiera allí. De hecho salía de putas casi todos los días. A lo mejor llegaba a casa a las cinco de la mañana y a las diez, hasta las cejas de cocaína, emprendía uno de esos viajes relámpago a Vigo en un Mercedes clase A alquilado, que, dicho sea de paso, acabaría estrellado y abandonado en una cuneta de la N-VI. Iba y volvía en el día y era incapaz de explicar a qué iba y porqué volvía a ir otra vez. Según mi hermano no lo sabía ni él. Y cada vez dejaba más pufos en Madrid. Pedía dinero prestado para invertir en tal negocio, o un par de kilos de coca a cuenta y luego devolvía una parte y volvía a pedir para otra de sus historias infalibles que se traía entre manos. Luego podía llamar desde una cabina y contaba cosas como que le vigilaban la casa, o que le habían pinchado el móvil o colocado micrófonos en su coche y por eso tenía que alquilarse uno y seguir escondido en casa de mi hermano. El Parisino no sabía ya qué inventarse para encubrirle. Preguntaban por él todos los días, de todos los lados, a todas horas. La deuda fue creciendo paulatinamente, veinte, treinta, cien mil euros a medida que la fama del Pulga iba cayendo en picado. Aseguraban que se había vuelto loco, que el Botijo había mandado que le pegaran un tiro, y que un sicario colombiano llevaba su nombre apuntado en la agenda. Por su culpa a mi hermano le tocó desembolsar más de cinco mil euros al ser utilizado, sin su consentimiento, como garante en una de sus operaciones paranoicas. Decepcionado y aburrido de sus idas de olla, acabó por echarle de casa. Desde entonces no sabemos nada más de él. Fin. Un tipo interesante el Pulga en cualquier caso. Me cuesta imaginármelo en esa espiral autodestructiva, en serio. De los amigos de mi hermano siempre me pareció el más equilibrado, el único que de verdad hubiera podido labrarse una especie futuro. Pero qué le vamos a hacer. Yo, por si acaso, nunca digo "yo ya no".

—Primero lo primero —me contaba, pues, refiriéndose a que nada más entrar fueron escopetados al despacho de uno que arrastraba cierta fama de borrachín en el partido. Después de ponerlo todo patas arriba consiguieron dar con una petaca de ginebra, escondida en un cajón del escritorio. Algo es algo. Además aun les debía quedar unos tiros de speed. Así que buscaron y rebuscaron en bolsillos y carteras hasta que uno de ellos cayó en la cuenta de que el Parisino llevaba la papela. Víctor decidió que Cúster debía ir a buscarle.

—Mientras el Cúster volvía —siguió contándome el Pulga—, Víctor y yo nos servimos unos chupitos. En mala hora... ¡Empezó a desvariar!, el muy pesado... Propuso que si encontrábamos una pipa lo primero que teníamos que hacer era atracar un banco. Ya claro. Y el tío todo serio: "sabes que los sábados por la mañana abren". "Lo que tú digas, Víctor". Cómo para llevarle la contraria; luego empezaba con sus comeduras de cabeza, ya sabes, rollo Rambo, acabo de llegar de la guerra y he visto cosas horribles. Bueno, y si el hijoputa iba puesto de speed ya ni te cuento... Te miraba fijamente durante unos segundos y de repente te soltaba sin venir a cuento cualquier guarrada, como que había aplastado la cabecita de un gorrión vivo con sus dedos y que lo llevaba guardado en el bolsillo..., y mucho cuidado con no preguntarle por qué... que entonces ya sí que lo podías flipar... El muy loco. Pues vale, pues me alegro, le digo. ¿Te importa si me tomo el chupito en paz, eh? Pero no, para ese tío no existe mantener una conversación normal. Así que va y me suelta que el Cúster, su mejor amigo, es marica. Me jodió que dijera eso del Cúster ahora que no estaba. Además era mentira. Sólo quería rallarme.

Así que según Víctor el Cúster era marica. Pues vale. ¿Por qué me contaba todo esto el Pulga? Qué más da lo que dijera Víctor, ¿acaso no quería rallarle? Pues ya está, hombre. Vamos al grano. ¿Qué pasó en la dichosa sede de los falangistas?

—Al final casi le suelto dos hostias... Pero ¿para qué? El tío está loco, no puede remediar joder a la gente... Así que pasé de su culo y me fui a dar una vuelta por las oficinas.

Era un piso lamentable. De unos cien metros cuadrados como mucho, con las paredes empapeladas y las puertas chirriantes. Y olía a húmedo, como si llevara cerrado varios años. Ahí poco iban a encontrar. Como no fuera ese sillón en el que sentarse un ratito. Tres minutos después estaba tumbado y dos más tarde, dormido.

—Me despertó Víctor. Estaba algo emparanoyado el

hombre por que ni el loco del Cúster ni tu hermano habían vuelto aún. Yo le dije que me iba a queli. Ya era hora y, además, de esa mierda de oficinas no íbamos a sacar nada. Entonces, flípalo, ¡me dice que ha encontrado una caja fuerte!

Y se la enseñó. Estaba escondida detrás del falso fondo de un armario. Para dar con ella, además de forzar la puerta del armario, Víctor tuvo que vaciarlo y desmontar las baldas. Bueno, en realidad, visto el desorden, se diría que había desmontado la habitación entera.

—¿Qué hora sería?

El Pulga no supo decirme. Las once o las doce, tal vez la una ya.

—¿Y desde las nueve no habían vuelto mi hermano y Cúster?

—Ya ves.

—¿Y dónde estaban?

—Por ahí perdidos.

—¿Pero llegaron a encontrarse?

—Eh, vamos a ver… Sé que el Cúster volvió unas dos horas después de que encontráramos la caja fuerte, o tal vez más tarde, no lo sé, el caso es que ya era por la tarde…

—¿Y todavía seguíais en la oficina?

—Sí, claro. Porque Víctor había llamado a unos que conocía que le iban a ayudar a abrir la caja fuerte. Teníamos que esperar a que llegaran.

—¿Y Angel?

El Pulga sonríe cuando se lo pregunto. Al parecer le hacía

gracia que mi hermano estuviera entripado y desaparecido.

—¿No es tu hermano? Que te lo cuente él.

A veces envidio la memoria de Angel. Otras veces pienso que tiene que ser una especie de losa. El cabrón es capaz de recordar todo tipo de anécdotas, incluso de cuando vivíamos en París. Como que había una fuente en la esquina de casa de la que brotaba un agua fresquísima pero que olía un poco raro, y que sus dos chorros salían de sendas cabezas de león y, además, asegura el tío, de vuelta del cole siempre solíamos pararnos a echar un trago. O el nombre de nuestro portero, Sebastien, y el de sus dos hijas (¿tenía dos hijas?) y el de su mujer incluso. Si el lo dice... Me descoloca la seguridad que muestra cuando relata hechos acontecidos hace quince o veinte años. Parece como si los estuviera viendo dentro de su cabeza. Yo, en cambio, tengo un vacío acojonante. He estado en conciertos de grupos que sigo escuchando y, si no fuera por las entradas que aun conservo, sería incapaz de asegurar si he estado o no. No recuerdo nada o muy poco de los libros que he leído, ni de los compañeros de clase del colegio o la universidad; ya no hablemos de los chavales del barrio con los que iba a jugar al balón de cani (mi hermano te puede decir el nombre de cada uno de ellos, y eso que le saco cuatro años...) Sé que he veraneado en tal sitio por las fotos, o visto tal película sólo si la vuelvo a ver. Tampoco recuerdo las fechas en las que murieron mi madre o mi hermana. ¿Cómo hago entonces para acordarme tan bien de lo que me contó el Pulga hace ya más de cinco años? Bueno, muchas cosas me las invento. Desde luego es imposible que recuerde si me dijo que las paredes del piso estaban empapeladas o pintadas de color verde oliva. ¿Qué importancia tiene además? Estuvieron allí. Lo sé por que lo dice mi hermano y ya está. Yo, como mucho, puedo recordar que el Pulga me dijo algo de que el piso daba pena. Y de que me habló de una movida con Víctor acerca de la sexualidad del Cúster y cierta caja fuerte encontrada. Pero lo único que, por así decirlo, se me ha quedado grabado de sus palabras es que mi hermano se había comido un dragón rojo y andaba por ahí perdido. Hay que ver lo asquerosa y caprichosa que puede llegar a ser la memoria a veces. Sobre todo si tenemos en cuenta que Angel no recuerda en absoluto que se hubiera tomado un ácido.

—No entiendo por qué te contó eso el Pulga —me dice.

Ya. ¿Entonces?

—Entonces, ¿qué?

—¿Estuviste por ahí perdido mientras el Cúster te andaba buscando y el Pulga y Víctor se tomaban una copa en la oficina, o qué?

No, el Cúster y yo nos habíamos ido a comprar bebida.

—Pero ¿por qué me dijo entonces el Pulga que...? Y además, ¿no habíais ido a las oficinas a dar un palo?

—Sí, ¿y qué?

Es verdad: ¿y qué? El Pulga dice una cosa, Angel otra. Bueno, pasa todos los días. No deja de ser una actitud fanática querer atar y explicarlo todo.

—Bueno, así que os fuisteis a pillar bebida, ¿no?

—Sí.

—¿Y?

—Nos encontramos con la banda del Molina.

Oh mira, la banda del Molina. ¿No solían operar por Argüelles? Cierto, pero aquel sábado les había dado por acercarse al Cachivache, un after-hours situado en una bocacalle de la Gran Vía, no muy lejos de la sede falangista.

—Tiene gracia —dice mi hermano—, al principio querían volcarnos, los muy idiotas. Cúster y yo nos estábamos poniendo un tiro de speed en una callejón cuando les dio por aparecer. Serían unos ocho o nueve tíos.

Angel sujetaba la cartera con dos rayas ya delineadas encima. Era una de esas carteras sujetas al pantalón con una cadena, de modo que, al menos que quisiera desaprovechar los tiros, no podía permitirse demasiados lujos de movimientos.

—¿Tenéis un talego? —dijo uno de ellos.

—No —respondió mi hermano.

El que había hablado se acercó un poco más. Los demás permanecieron en un segundo plano, como a verlas caer. Parecían una pandilla de clones: rapados, bajitos con vaqueros estrechos, camisetas tipo Bones o Bad Boy. Todos y cada uno de ellos con sus New Balance de rigor de la época.

—¿Tenéis perico?

—Es speed —contestó mi hermano—. Y yanonos quedanmástiros.

—Mira tú qué casualidad —dijo uno de los que estaban en

segunda fila, que, por raro que parezca, había interpretado correctamente el lenguaje del Parisino.

—Casualidad ninguna —corrigió el Cúster—. Nos lo hemos pulido todo. ¿Vais a necesitar algo más?

Volvió a intervenir el primero:

—Dejarnos ver vuestras carteras.

—¿Perdona? —dijo el Cúster—. No te he oído bien, ¿no te importa repetirlo, verdad, compañero?

Tanta fue la naturalidad con la que se expresó nuestro amigo que el bacala se quedó un par de segundos con la boca abierta. Demasiada mundanería para el chaval, dadas las circunstancias y las horas que eran.

—¿Qué pasa? —El Cúster aprovechó para tomar la iniciativa—. ¿Nos vais a volcar?

—Sólo queremos unos tiros.

—Ah —respondió, alzando las cejas. Y, de un paso, se acercó al chaval para plantarle la cara a medio centímetro de distancia—. Entonces lo que pasa es que no nos has oído. No nos quedan más tiros.

—Oye, tronco, no te pases un pelo…

—¿En qué sentido que no me pase un pelo?

—En el sentido que igual te llevas un viaje por listo…

—Ah, entiendo…

El bacala, en cambio, apenas se enteró. Entre la tensión del momento y las sustancias presumiblemente ingeridas a lo largo la noche, notaría como mucho un golpe sordo en el muslo, y poco más. Se lo tuvo que decir uno de sus amigos:

—¡Que te han mojao, tronco!

El chico tardó todavía unos segundos en comprender. Embobado, miraba a su agresor esperando tal vez algún tipo de aclaración. Cúster le miraba a su vez con expresión relajada, las cejas ligeramente alzadas, como diciendo ¿y bien? Tras palparse la herida, el bacala levantó la mano ensangrentada para que la vieran sus amigos. De la impresión, empezó a ponerse muy pálido, las piernas flojearon, y cayó de rodillas al suelo. Sus acompañantes, por su parte, no acababan de ponerse de acuerdo. Algunos clamaban venganza. Otros que había que llevarle al hospital. Angel seguía con sus dos tiros de speed sobre la cartera. Entre tanto el Cúster ya había hecho desaparecer la navaja.

—Te has pasado —balbuceó el herido.

—Yo que tú me hacía un torniquete.

—¿Qué…?

—Yalohasoído —dijo mi hermano después de ponerse uno de los tiros— Tevasadesangrar, chaval.

El Cúster reclamó su raya.

—Ahora ya si que no nos queda ná de ná —dijo después de enfilársela— Por cierto…, ¿vosotros lleváis algo?

Pertenecían a la misma generación, vestían de manera similar, frecuentaban los mismos sitios y, sin embargo, tenían muy poquito que ver. Unos eran una pandilla de lobos que se necesitaban mutuamente para sustentar la manada. Su personalidad derivaba de la identidad del grupo. Para ellos era un orgullo pertenecer a la banda del Molina, el terror de los pijos de Pachá y chavales del instituto. Les daba cierto caché como quien dice. Uno para todos y todos para uno. Y, litrona en mano, eran de los que se echaban unas risas después de propinar una paliza a algún chino inofensivo e indefenso. O comentaban a voces aquella breve detención por algún escaparate roto, un coche quemado o cualquier otra bravata hormonal. Tonterías. La edad del pavo, que la llaman. Acaba curándose y con el tiempo más de uno se habrá sacado la FP, seguro. A otros puede que les haya dado por meterse a currar en el pequeño negocio del viejo o de aprendiz en el taller de la esquina, y, al final, quien más o quien menos habrá acabado tirando para adelante. Los habrá que queden por parejas para ir de cena con las respectivas. Y hasta no te extrañe que alguno haya descubierto un buen día su lado artístico y, yo qué sé, hoy en día pertenezca a una de esas academias para actores; tan de moda entre los ex-nocturnos por cierto.

Angel, David o los otros dos, sin embargo, son más complicados de reciclar. Para empezar de cuchipandi tenían más bien poco. Cada vez lo tengo más claro. Si se dejaban caer por la calle Acuerdo era por su propio y exclusivo interés. El grupo no representaba de ningún modo un sucedáneo de la familia o la sociedad gregaria. Cada uno se bastaba a sí mismo.

Cuestión de personalidad. Y se tiene o no se tiene. Un poco como el oído. No por mucho escuchar una melodía vas a saber reproducirla si careces de él. Diría que la gran mayoría de los bacalas de ayer y hoy, aspira a ser niños malos. (Otra gente, de pequeña, quiere ser bombero.) Pero, al lado de un Cúster o un Víctor, la suya no deja de ser una interpretación desafinada. Con esto no quiero decir que nuestros amigos fueran más perniciosos o peores personas; simplemente no interpretaban o representaban una mierda. Y eso para bien o para mal es lo que tarde o temprano marca la diferencia, sé lo que me digo.

Ah, según mi hermano, al bacala ése sólo le habían pinchado superficialmente. Nada grave. Lo de que iba a desangrarse no lo dijeron más que para inquietarle un poco. Para darle color al asunto, dice.

En cuanto a facturación se refiere, el noventa y cinco fue el mejor año para los de la calle Acuerdo. Como es normal ni disponemos ni consta en ninguna parte un registro de las cifras obtenidas, pero para hacernos una idea digamos que fue algo así como una burrada de dinero. Vamos, que cuesta comprender que de aquel caudal de millones generado por las decenas de kilos despachados a la semana hoy no quede más que un vago recuerdo. Ninguno de los cuatro posee otra cosa ya. Y eso que Víctor llegó a comprarse un velero. Y en el garaje de su casa, el Pulga llegó a tener aparcados tres coches de lujo. Y míralos ahora... Las gafas de Víctor se sostienen gracias a un trozo de esparadrapo. Lo gracioso es que el otro día llamó a mi hermano para decirle que estaba esperando dos mil kilos de coca... Está zumbao. El Pulga tampoco es que ande muy cuerdo. El Cúster ya ni hablemos. ¿Y mi hermano? Bueno, cada cierto tiempo le toca tragarse algún bajón que otro en el que, por lo visto, no lo pasa muy bien que se diga. Pero ahí sigue, luchando. Lo que está claro, eso sí, es que se le ve más equilibrado que al resto de sus antiguos compañeros de aventuras, más integrado si se quiere. Pero vete tú a saber; fuera del ámbito de los comportamientos externos, la locura es algo difícil de evaluar. Es como la inteligencia o la clase, hay que disponer de un mínimo para poder apreciarlas en los demás. Hay que haberla catado para saber a qué sabe y, aun así, seguirán habiendo cuadros clínicos que, sin referencias, nuestro entendimiento ni siquiera alcance a identificar.

Hace más de ocho años que los de la calle Acuerdo no se

reúnen al completo. La última vez fue en ocasión de la inauguración de La Sartén Por El Mango. La idea de montar un restaurante surgió del Pulga; con la de gente que conocían los cuatro, el negocio no podía más que ser un éxito seguro. De hecho el día de la inauguración no cabía ni un alfiler entre tanto famosete y camello. A pesar de ser familiar directo de uno de los principales socios capitalistas, me enteré por terceros de la celebración de dicho evento. Por aquella época, es triste, pero cuanto más alejados estuviéramos él uno del otro, mejor.

Además del Parisino y el Pulga, también invirtieron parte de sus ahorros Víctor y Rubén. Al Cúster no se le ofreció la posibilidad de participar, por entonces ya andaba cojo y perdido por la vida, poco podía aportar ya el chaval. En cambio se cedió un veinte por ciento del negocio a uno de esos famosetes de más arriba a cambio de promocionar el local. También se fichó a un chef catalán licenciado en una renombrada escuela de cocina, cinco camareras con pinta de azafatas de congresos y a un experimentado jefe de sala. Previo desembolso, Telemadrid les dedicó unos minutos en unos de sus programas de tarde, y un par de periódicos de tirada nacional mandaron sus críticos culinarios.

La cosa prometía, de hecho hacía tiempo que la familia no veía a mi hermano tan ilusionado y activo. Mi hermana porque no podía permitírselo, pero nuestro padre fue a comer por lo menos cinco o seis veces en los dos meses que duró el negocio. Tan bien lo veían todos y, sobretodo, tan bien querían verlo, que hasta llegaron a especular con que Angel se casaría antes de que finalizara el año. Nuestra hermana había hecho buenas migas con su novia de entonces, y aseguraba que la pareja ya había ido a ver alguna iglesia y todo. Al final iba a resultar que Angelito sería el primero de nosotros en dar el gran paso, lo que son las cosas.

Por su experiencia con el Nativo, Rubén se había erigido en gerente del restaurante y, como tal, se asignó a sí mismo un sueldo acorde con su categoría. Suya fue la decisión de primar el atractivo frente a la experiencia a la hora de contratar a las camareras, o la de disparar los precios para dar más caché al local. Profano en cuanto a negocios legales se refiere, el Parisino, por otro lado, no supo o no quiso ver el riesgo que suponía invertir varios millones sin el respaldo de un documento acreditativo. Por aquellos tiempos los únicos que, de cara al fisco, podían permitirse justificar la inversión eran Rubén y el Pulga, uno mediante su ya boyante bar de moda y el otro gracias a una sociedad legalizada —dos saunas y un concesionario de coches— de la que era administrador único.

Víctor no había puesto demasiado dinero, a penas dos millones, pero sí lo suficiente, según él, para exigir que Rubén se lo devolviera dos semanas después de la inauguración. Tampoco es que hiciera falta mucho más tiempo para comprender que el negocio nunca iba a ser tal. En esos quince días no habían facturado ni para pagar el sueldo de dos de las preciosidades que tenían por camareras. El Pulga le pidió a Angel que cubriera el agujero dejado por Víctor. Aun hoy, mi hermano sostiene que no podía decirle que no: el Pulga era uno de sus mejores amigos, sino el mejor... Rubén, después de todo, también era un buen amigo, por eso tampoco hizo ni dijo nada cuando, al cabo de un mes, éste renunció a su puesto de gerente y, secundado por el Pulga, retiraron la totalidad del capital social.

Ahora mi hermano era el único dueño de un negocio con seis empleados, familiares por clientes y un extenso contrato firmado al Pulga y Rubén, asumiendo la cesión del negocio y sus deudas. A pesar de todo, el Parisino apostó por el restaurante. Finiquitó un par de camareras y, con la ayuda del director de sala, Manuel, decidieron dar un giro al local. Fue entonces cuando el chef se despidió, arguyendo que, bajo ningún concepto, iba a rebajarse a cocinar comida mejicana. Uno menos, mejor así; Manuel conocía a un peruano con la experiencia suficiente en hostelería como para cocinar unas fajitas y unos frijoles más que decentes. Guay. Un tipo con recursos el Manuel, o al menos eso le parecía por entonces al Parisino. Además se entendían bien. Al cerrar el restaurante gustaban de reunirse, mano a mano, para discutir la estrategia de empresa y entre tiro y copa no era de extrañar que más de una vez les diera la luz del día al levantar la verja.

Planearon revestir las paredes con arte muralista mexicano, levantar un enorme cactus en una de las esquinas del local, cambiar los cuadros de pintura abstracta por calaveras y máscaras de todos los colores, contratar una banda de mariachis los fines de semana, un reservado para cuando viniera gente importante (a este propósito, Manuel, que mantenía ciertos contactos en la noche madrileña, podría hablar con algún relaciones públicas del Sundown…) Lo importante era insuflarle vida al negocio, nuevas ideas, dinamismo, alegría, originalidad…

Resulta que una de las reuniones se alargó más de lo previsto y, con la tontería, cayeron tres días y tres noches sin tregua alguna. Al principio, pues eso, se buscó a perfilar el cambio de rumbo, implicaron incluso a las camareras, las espolearon para que aportaran ideas; todo el mundo debía participar, comprometerse con el nuevo proyecto. Al cocinero peruano, sin embargo, se le mantuvo al margen. Al Parisino le resultaba un tanto sospechoso. No por nada, era sólo que estaba demasiado callado. Demasiado observador, el tío. Así que le pidieron que, hasta nuevo aviso, no volviera. Las chicas se fueron por motu propio, incapaces de seguir el ritmo impuesto por Manuel y Angel. Estos siguieron dale que te pego, no ya tanto para discutir el futuro del restaurante cuanto para no tener que salir ahí fuera. Consciente de haberla cagado, Angel continuó encerrado en el local incluso cuando, al borde del colapso, Manuel tiró la toalla para irse a dormir. ¿Y ahora qué? Aun quedaba cocaína y algo de alcohol. Se rellenó la copa y puso algo de música para contrarrestar el silencio dejado por el director de sala. Le costaba mantener los párpados abiertos y al son de Camarón se fue dejando caer al suelo para dormir unas pocas horas.

Todavía había un mesa por recoger del último cliente de La Sartén Por El Mango. Cualquiera diría que la habían dejado así como prueba de que, una vez, en el restaurante se servía comida y todo. Ni que decir del aspecto que presentaba el resto del local, con botellas desperdigadas aquí y allá, ceniceros rebosantes de colillas, la caja registradora abierta... y, tirado en el suelo, su joven propietario, inmerso en un sueño espasmódico.

Por descontado, al despertar, el infierno.

Tiene gracia la que liaron por cien míseros gramos. Claro que en esa época era mucha cocaína. Mucho dinero. Además hay que decir que a alguno casi le cuesta el pellejo conseguirlos. Por eso Angel no estaba dispuesto a volverse con las manos vacías a Madrid. Del bolso de la vieja alemana apenas se sacó unas cinco mil pesetas. Una miseria. Lo descubrió después de descolgarse de la terraza y aterrizar justo enfrente de la puerta del hotel. Tal era su rabia y adrenalina acumulada que se le pasó por la cabeza atracar al primer transeúnte, cuestión de recuperar algo de la pasta que había dejado de ganar. Pero en vez de eso se la jugó y volvió a entrar en el hotel. Era la única manera de que el recepcionista, asomado a la terraza, gritando ¡al ladrón, socorro! no le reconociera corriendo por la calle. Claro que tampoco iba a ser tan inconsciente como para subir inmediatamente a por Rubén y Pati después de la que se había montado en la habitación de al lado. Lo que hizo, aprovechando la ausencia del mariquita, fue coger una de las llaves colgadas del panel de recepción. Eligió una de la segunda planta. Subió raudo y veloz por las escaleras y, una vez dentro, marcó la extensión de la habitación de Rubén y Pati. El muy idiota, asegura mi hermano, no sólo seguía en la habitación sino que, además, le dio por responder la llamada. Es muy posible que no se atrevieran a salir hasta que las aguas se hubieran calmado un poco. O que estuvieran esperando un telefonazo de alguien. A estas alturas uno podía esperarse cualquier cosa de aquellos dos. El caso es que mi hermano colgó sin decir nada. De hecho no tenía nada que decirles.

Volvió a marcar, esta vez el número de Víctor. Le bastó una sola palabra para resumirle lo de Rubén y su novieta:

—Loscabronesnosquierentangar.

No es que le estuviera pidiendo consejo o ayuda. Más bien todo lo contrario. Fue Víctor quien le encasquetó a Rubén y a la otra. En cierto modo era por su culpa o al menos su responsabilidad si ahora se encontraba metido en semejante embolao. Antes de decidir nada, Víctor quiso cerciorarse de boca de Angel de tres cosas. De si Rubén y Pati seguían en el hotel. De si tanto el uno como el otro estaban pringados y, por último, de si había manera de hablar con aquellos dos. Sí a todo.

—Vale, tú quédate donde estás. En cinco minutos los tienes ahí.

Cinco minutos después, Angel volvió a marcar el número de Víctor.

—Aquinovienenadie.

—Ya, es que no me cogen el teléfono, tronco…

Al parecer el encargado de pasar las llamadas del exterior a las habitaciones seguía sin volver a su puesto en recepción.

—¡Putamaricahistérica…!

—Les vas a tener que llamar tú, por la línea interna…

—¿Yquelesdigo?

—Dile a Rubén que te he dicho que le va a tocar hacer cuentas con Gonzalo cuando vuelva a Madrid.

—¿Gonzalo…?

—Sí, Gonzalo. El sabe muy quién es.

Por lo visto sí que debía saber quién era. No pasaron ni dos minutos que ya lo tenía llamando a la puerta de la habitación. (Tarde o temprano me tenía que tocar incluir de nuevo a la mala bestia de Gonzalo, lo sabía. Menudo es el tío. Según mi hermano ya por aquella época gozaba de una fama asentada, sólida y brutal, por lo menos en ciertos ambientes, y debía de ser cierto si es verdad que sólo con mencionar su nombre se logró meter en vereda a un inconsciente de la talla de Rubén.)

—Si te lo cuento lo flipas… —le empezó a decir éste, abriendo mucho los ojos, con la cara de quien va a contar algo inaudito.

—¿Dóndestá elperico? —le interrumpió Angel.

—Está a salvo…

—¿Dónde?

—En el buga.

—¿Enelbuga?

—Sí, le he dicho a Pati que lo meta en la guantera. ¿Nos vamos?

Pati les esperaba en el asiento trasero del Audi. Dice mi hermano que, cuando se subió al coche, la tía ni siquiera le miró. La encontró asomada a la ventanilla, fumándose un cigarro en plan desdeñoso. Ahora resulta que la ofendida era ella. Decididamente era una chica con carácter.

Antes que nada Angel comprobó que la bolsa estaba donde le dijo Rubén y se la guardó en el bolsillo. Encontrada la coca, lo demás ya no tenía tanta importancia, al menos de momento; luego más tarde, en Madrid, y después de haber dormido algunas horas, ya se vería si acaso. Ahora no había que darle más vueltas, no convenía a nadie.

A todo esto serían las diez de la noche o así. Arrancaron y de camino al Oh! Angel desató la bolsa para verificar que el contenido seguía siendo cocaína, toda precaución era poca con aquellos dos y, de paso, ya iba siendo hora de catarla como es debido. ¡Horas que llevaba ya esperando este momento…! A pesar de lo sucedido decidió ofrecerles unos tiros, después de todo una cosa no quita la otra y resultaba un poco triste enchufarse, así, sólo, en un ambiente tan tenso. Sin la vertiente social la cocaína pierde muchos puntos, todo hay que decirlo… Dos o tres tiros después, sin embargo, los tres seguían sin abrir boca.

No fue hasta llegar a la discoteca que Pati dijo que deberían pasarse por un restaurante primero. ¿Hace cuánto que no comían? Ni idea. Pero ninguno tenía hambre. Aun así acordaron que debían comer algo. No era bueno estar tanto tiempo en ayunas. A una que conocían le dio un ataque epiléptico por estar varios días sin comer, así que dieron media vuelta y volvieron a Marbella pueblo. En el mismo parking subterráneo donde dejaron el coche, Angel aprovechó para romper el cristal de un BMW y sustraer el radio casete.

Después de que Pati, por motivos diversos, descartara cuatro o cinco restaurantes, tomaron mesa en uno de cuatro tenedores situado en la mismísima plaza del pueblo. Pidieron marisco, el vino más caro y carne. Postre y café. Eso sí, apenas probaron bocado. Después de catarla Rubén rechazó la primera botella porque, según él, el vino estaba picado. Tras dar el visto bueno a la segunda, pidió una cerveza y un chupito de tequila. Le apetecía marcarse un submarino. Mi hermano no quiso submarino: ya le acompañaba un whisky con coca-cola desde el aperitivo. Pati fue dos veces al cuarto de baño. Rubén y Angel, en cambio, se sirvieron directamente debajo de la mesa, a la luz de un mechero Clip.

A la hora de pagar, mi hermano ofreció una de sus tarjetas de extraperlo. Por aquella época, dice, siempre llevaba unas cuantas en la cartera. Pati y Rubén ya habían salido cuando el camarero le dijo que lo lamentaba mucho pero algo raro pasaba con la tarjeta. Como ya se lo esperaba, Angel no se mostró más nervioso de lo normal cuando anunció que iba un momento fuera a por su amigo para que le prestara la suya. Como era de esperar el camarero no se mostró muy por la labor y, puestos a salir a buscar a alguien, sugirió, iría él mismo si acaso.

—¿Qué pasa, tecrees quemevoyalargar porpatas?

El camarero no se esperaba semejante pregunta. No ya tanto por el contenido sino por la forma: no había comprendido una sola palabra. Desesperado, se puso a buscar con la mirada al maître, a alguien que le dijera cómo actuar… Angel aprovechó su indecisión para proponer, en un tono muy digno y ofendido, que dejaba el radio casete en la mesa, como aval. Ahí es nada. No olvidemos que estábamos hablando de un blaupunkt, último modelo, que, tirando por lo bajo, costaría más del doble de la cena. El Parisino no esperó a que el camarero se pronunciara o lo consultara con el maître. Ni por supuesto volvió con otra tarjeta. Vamos, que el viejo truco del radio casete había vuelto a dar resultado.

Para no perder la forma, en el parking del Oh! Marbella se

enfilaron otra tanda de tiros. Entraron sin pagar porque Pati le echó morro y, seguramente, porque todavía era pronto. No había nadie en la discoteca. De hecho, se quejó ella, estaba matado. Tanto es así que volvieron a salir, subirse al coche y de pronto: ¿adónde coño vamos ahora? Angel propuso que, antes de que acabaran puliéndose la bolsa, tal vez deberían pasarse a ver al tipo que les iba a comprar los cien gramos.

A pesar de que Pati, la presunta enlace en el negocio, asegurara que no tenía ni idea de donde vivía y que la única forma de dar con él era en el Oh!, Angel era y sigue siendo de la opinión de que la muy comebolsas no quería quedarse sin perico. O eso o a lo mejor ya lo tenía apalabrado con otra persona. Hasta puede que a la muy golfa le hubieran dado un adelanto por él. Suposiciones en todo caso, o sea, comeduras de cabeza, y ahora lo importante era bajar del puto coche ya. Se estaba agobiando.

—Asique —ordenó— nosparamos enelprimer bar quencontremos.

Y a tal fin se adentraron en el casco antiguo de Marbella. A gran parte de los transeúntes no le hizo ninguna gracia que invadieran sus pintorescas calles peatonales. Un ciudadano en concreto, muy ofendido él, se puso a gritarles, enardeciendo el ánimo del resto de los peatones a fin de que defendieran sus derechos, su terreno vital… Cada vez más ofuscado, llegó a aporrear el capó del coche. Por fortuna que Rubén parecía ensimismado en algo de máxima importancia, al menos para él, y no entró al trapo. De haberlo hecho, conociéndole, el escenario hubiera podido acabar en tragedia. Ni siquiera abrió la boca cuando, dejándose llevar por el ambiente reivindicativo, un viejo logró colar su bastón por la ventanilla del coche. Nuestro amigo se limitó a apartarlo de un manotazo reflejo, como quien ahuyenta a una mosca. Pati, por su lado, contaba una historia que tuvo ocasión de presenciar el año pasado en el Oh! acerca de un tipo que, de subidón de tripi, decidió tirarse, desde el balcón de la discoteca, directo a la piscina. Se rompió la tibia y el peroné de una pierna, y una muñeca. Gracias a Dios, sostenía Pati, que no había agua en la piscina, si no, en el estado en que iba el tío, fijo que se nos hubiera ahogado... La gente está fatal, concluyó al respecto de manera taxativa, muy mundana ella. Mientras tanto la furia de los peatones iba aumentando por momentos. En un hosco esfuerzo común, habían empezado a zarandear entre varios el coche. Al final, claro está, los chicos tuvieron que salir del casco histórico, pero más que nada para poder encontrar un sitio donde aparcar. Sería en la parte baja del pueblo, en una callejuela lo bastante oscura para no dar demasiado el cante mientras se preparaban otra ronda.

Y enfilaron directos al puerto deportivo, que, dicho sea de paso, por aquella época se encontraba en su máximo esplendor, con una vasta oferta cacofónica de bares a cada lado de su galería interna. Pero, mala suerte, ninguno convencía a Pati. Demasiada gente. Demasiado cutre. Música de paletos. No tiene aire acondicionado. Decoración espantosa... De golpe y porrazo Rubén despertó de su embelesamiento al topar con un conocido en la puerta del Arturo's. Volvió a la realidad igual de pletórico que siempre y, a pesar de las objeciones de mi hermano, decidió invitar al tipo a un tiro. De paso le colocaron medio pollo por cuatro talegos. El dinero en efectivo empezaba a escasear así que, bueno, tampoco pasaba nada si de momento grameaban algo para ir saliendo del paso. ¿No conocerás a nadie que quiera comprar una cantidad más importante? Tal vez, respondió el otro. Le acompañaron a uno de los bares que daban a los pantalanes, pero el supuesto comprador no aparecía por ningún lado. Angel tenía la boca seca. ¿Por qué no se dejaban de hostias y pedían ya una copa? Vale, ve tú. A mí pídeme un Martini con tónica Swcheppes, dijo Pati, con limón exprimido, porfi, y en vaso de balón… Cuando Angel volvió de la barra, Rubén, Pati y el tipo ése ya no estaban donde los había dejado. Con las tres copas resbalándosele de las manos los buscó y rebuscó por el abarrotado puerto. De no llevar en su bolsillo la bolsa tal vez se habría emparanoyado de nuevo. Ahora sólo se encontraba algo agobiado por que no daba con ellos y no estaba del todo seguro de si habían quedado en algún sitio en concreto o le iban a esperar donde les dejó o qué leches… Siempre igual. Y entonces, de sopetón, aparecieron Rubén y Pati. ¿Dónde coño os habíais metido? ¿Y tú? Os estaba buscando. ¿Y las copas? ¿Qué copas? Ah, sí, las he dejado por ahí. Se pusieron a buscarlas, pero no había forma de que Angel recordará dónde las podía haber abandonado. Puede que las hubiera tirado al agua, vete tú a saber, después de tanto tiempo ya cualquiera se acuerda. Bueno, ¿qué hacemos? Ya eran las tres. Vamos al Oh! Venga, vale.

De camino a la discoteca, Rubén empezó a chillar. Según

él, un conductor malintencionado circulaba con las largas puestas. Juraba y perjuraba que estaba siendo deslumbrado única y exclusivamente por puro sadismo, a mala fe. Pati, en cambio, sostenía que no era así, que eran paranoias suyas. Putos vagos andaluces, gruñó él. Putos cabrones, insistió, me están dando el viaje, desde que crucé Despeñaperros, los muy canallas... La realidad, reconoce hoy en día mi hermano, es que por culpa de la cocaína consumida las pupilas de Rubén se habían dilatado más de la cuenta y la mínima luz le deslumbraba; a él también le pasaba y, fuera culpa del conductor de detrás o no, asegura que la sensación era de lo más molesta. Hasta cierto punto es comprensible que alguien tuviera que pagar por ello.

—Anda, dame el tapón que hay en la guantera —le masculló Rubén a Pati. Y Angel se preguntó para qué narices llevaba el loco de Rubén un tapón del depósito de la gasofa en la guantera.

—Sujétame el volante.

Pati se vio obligada a obedecer, y rápidamente por cierto: ¡el inconsciente había abandonado la conducción para sacar medio cuerpo por la ventanilla! De haber acertado en el parabrisas lo hubiera destrozado, sin duda. Pero el tapón impactó en el capó. Eso sí, los ocupantes se llevarían tal susto que, de un frenazo, aminoraron la velocidad para alejarse cuando antes de ese diablo de la carretera en forma de Audi rojo.

No bajó de los ciento cincuenta por hora, no dejó de bestemiar un solo minuto y, claro, se saltó el desvío para la discoteca. La culpa, por descontado, de los putos vagos andaluces. Cuando por fin llegaron al Oh! encontraron el parking hasta arriba. Un tipo con una chaqueta naranja reflectante les hizo señas para que retrocedieran. No quedaba más sitio.

—¡Sí, claro —rugió Pati—, esto ya sí que es el colmo!

Ordenó a Rubén que lo atropellara y menos mal que la distancia que los separaba era corta y el coche no pudo alcanzar demasiada velocidad. De lo contrario, presume mi hermano, el aparcacoches no lo cuenta.

¿Lo atropellaste?

Sí, claro.

¿Y entonces?

¿Entonces qué?

Que qué hicisteis.

Nos fuimos al Max.

Ah, vale.

Hay que ver lo que me pasó el otro día. Y eso que había jurado y perjurado que nunca más iría. Lo peor de todo es que no sé cómo ni a santo de qué me dejé caer por el Nativo. Puede que cuatro tetas tiren mucho, incluso demasiado. Va a ser eso. Para colmo lo encontramos petado. Bueno, lo de para colmo sólo lo digo yo; mis amigas estaban encantadas de la vida.

—No cabe ni un alfiler, ¡qué guay!

De lujo, sí señor. Y eso que era miércoles. Y aun así imposible encontrar sitio junto a la barra, de hecho ni se veía la barra de la gente que había. Tampoco podía uno apoyarse contra la pared cuestión de descansar un poco o amarrarse a algún lado, no: uno iba dónde le llevara la marea y no había más que hablar. En esa explosión festiva de gregarismo la voluntad individual dejaba de existir, inútil luchar, lo mismo te daba por ir al cuarto de baño y la corriente humana te arrastraba hasta la cabina del pincha (colocada a modo de dique de contención en uno de los extremos del local). Entonces, con un poco de suerte, de camino, uno podía aprovechar para pedirse una copa, siempre y cuando, eso sí, la camarera de turno se dignara a tomarse en serio tu presencia. A mí me conocen y en ese sentido lo tengo más fácil, me basta con gritar más fuerte y agitar la mano todavía más a la desperada que la competencia. Una vez servido, atención no vayamos a joderla, mucho cuidado con alejar demasiado la copa. Bien sujeta con ambas manos y los sorbos con los codos pegados al cuerpo al menos que se quiera correr el riesgo de que otra persona le arree un trago por confusión. Tal es la densidad de crápulas por metro cuadrado en el Nativo.

—¡Eh chicos, aprisa!

O algo así nos grita de repente la muy loca de Sandra mientras sale disparada abriéndose paso a codazos entre la multitud. La tía se lanzó en plancha para ocupar una mesita libre, así como lo cuento. ¡Justo cuando las tenía casi convencidas para ir otro lugar más habitable…! Otra vez será, me dije con deportividad cuando, de repente, un rayo de esperanza resurgió en mí. Todo no estaba perdido. A pesar de que la mesa pareciera de Sandra por derecho propio, cuando se dio media vuelta para decirnos que nos acercáramos, que por fin teníamos donde amarrar nuestros cuerpos a la deriva, una desconocida va y planta su culo en una de las sillas y ahí se queda, tan pancha ella. Una mesa libre en el Nativo no es algo que se vea todos lo días, ni mucho menos, es por tanto comprensible y hasta justificado el follón que montaron sendas pretendientes. El volumen de la música no permitía que ningún grito humano fuera audible a más de diez centímetros de distancia y, a pesar de eso, tal era la violencia de los gestos de las chicas que llegué a temer que, de un momento a otro, se liaran a tirarse del pelo y arrancarse la ropa a arañazos. Motivado por esta última imagen opté por acercarme. La rival de Sandra vestía chaqueta y falda de tonos grisáceos, imagino que acabaría de salir del curro y, la muy perversa, para desconectar del estrés laboral, no se le ocurriría nada mejor que irse al local más superpoblado de Madrid. Vaya degenerada ella también… Me encajaba a mí en el prototipo de joven profesional, muy preparada y competente ella, provista de cierta dosis de esa verborrea prepotente de tertuliano televiso, tan frecuente por otro lado hoy en día entre las prolíficas camadas de licenciados. Resumiendo: la tía era una zorra de mucho cuidado. Por si fuera poco, avanzando a contracorriente, fueron despuntando uno a uno los acompañantes de la susodicha, o sea, otra pedorra más y dos tíos con chaqueta y corbata, igual de feos y anodinos que ellas.

—Os levantáis ahora mismo los cuatro —gritó Sandra—, o vuestros papis no os van a reconocer de la somanta hostias que os vais a llevar.

Por lo visto mi amiga había decidido pasar de lleno al espinoso plano de las amenazas, a su manera, directa y sin pelos en la lengua. No sabía de sucios rodeos o ambigüedades, de hecho nunca llegó a acabar FP la chica. En cuanto a los otros, los que nos habían usurpado la mesa, hacían que la ignoraban a lo grande, ahí los teníais hablando con suma afectación de sus cosas, como si ni Sandra ni sus gritos existieran. Consiguieron hincharme las pelotas, así de claro lo digo. Lástima, eso sí, que mi patología pasiva y miedo a montar una escenita en el Nativo me impidieran terminantemente intervenir. ¡Demasiadas experiencias inolvidables acumulo ya del sitio éste! Bueno, pues mientras intentaba convencer a Sandra de que mejor nos íbamos con la música a otro lado, Sabrina, mi otra amiga, se había traído a Gonzalo, el jefe de seguridad. Sí, Gonzalo. El mismo Gonzalo que leyó parte de esta historia antes que nadie y al que en el capítulo anterior —más que justificadamente— volví a tachar de mala bestia.

Con decir que es un tipo cachas no basta. Es eso y mucho más. Es alto, ojos saltones, nariz imponente y provisto de unos labios carnosos que no paran de moverse. Pero si tuviera que utilizar menos de dos palabras para definirlo me quedaría sin dudarlo con nervioso. Nunca lo he visto sentado o inmóvil, de hecho si lo viera quieto posiblemente no lo reconocería. Y luego está la velocidad con la que llega a desplazar su terrible masa corporal, a todas luces inverosímil desde un plano científico. Y no olvidemos su mirada de loco, esquiva y escurridiza, que de repente y sin motivo aparente se posa para clavarse en tus ojos durante una eternidad de segundos, y tú sólo puedes pensar que deje de mirarme, que deje de mirarme o acabaré por hacérmelo encima... Ah, y suele tener la cara empapada de sudor, los ojos vidriosos y una mano vendada. Es la imagen viva del peligro y al verla aparecer de repente, así, en carne y hueso, mi escroto encogió de angustia.

Su manaza aterrizó en el hombro de uno de los tipos enchaquetados y, aunque la cara del tío empalideció de golpe, a punto estuvo de abrir la boca si su compañero no llega a tapársela literalmente. Por lo visto al menos uno de esos imbéciles sabía quien era Gonzalo. Por eso advirtió con la mirada al resto de sus amigos que tenían que irse, ¡y corriendo! Sin embargo y a pesar de lo dicho, las dos tías, más ofendidas y repipis que nunca, deciden quedarse.

—Fuera —ordenó Gonzalo.

—No tenemos por qué.

Pensé que acababan de firmar su sentencia de muerte y, mira, no voy a negar que me alegrara un poco. No sé si merecían el terrible azote de Gonzalo, pero desde luego que gente tan encantadora se lo merece casi todo, incluso eso. Aun no he dicho que eran rubias de bote, con peinado de peluquería, un moreno radiado y culos de régimen fallido. Vamos, un par de arquetipos ellas.

Cosa extraña, Gonzalo tuvo la delicadeza de repetir una vez más que se fueran. Igual ha cambiado, me dije. Una de las consumecosméticos, la más alejada de él, dijo que quién se había creído que era para echarles de ahí por las buenas y bla, bla, bla... Llegados a este punto Gonzalo hubo de intervenir y —ya adelanto— disipó cualquier duda que pudiera guardar acerca de posibles cambios en su legendario comportamiento. De un movimiento rápido agarró el tanga que sobresalía de detrás de la faldita de una de ellas y le arreó tal tirón que, como un resorte, la piba ahora estaba de pie con la cara enrojecida de ira y también, presumo, del dolor. Entre sus gritos de reprimida empezó a decir que si tú estás loco, que si te voy a denunciar, hijoputa. La otra dijo algo tipo "animal" o "bruto": seguía sin comprender ella también, está claro. Gonzalo se acercó a la otra y llevaría tal cara de loco, que de repente a la piba se le cambió la expresión y empezó a sonreír estúpidamente. Gonzalo provocaba ese efecto, ya lo he dicho. La chica comprendió que había llegado el momento de irse.

—Venga, vámonos, Sonsoles —o cómo coño se llamara su amiga.

Demasiado tarde. Gonzalo no había acabado aún, más quisieran ellas. Debía de tener la sensación de que las cosas no podían quedar así. En cierto modo le comprendo. Como que faltaba algo. Las obligó a pedirnos perdón. Y las chicas nos lo pidieron pero, ay, con la boca chica y sin convencimiento… La habían vuelto a cagar. Pensar que habrían podido largarse sin mucho desperfecto con haber demostrado tan sólo un poco de buena voluntad, de predisposición. Decididamente no sabían dónde se habían metido, ni con quién estaban lidiando. Señalando el suelo y gritándolas como a dos perros, las obligó a ponerse de rodillas en medio del aborrotado local. En serio. Y las tías, después de sopesar más atentamente la mirada de Gonzalo, obedecieron, vamos que si lo hicieron. Y ahora sí que pidieron perdón como Dios manda. Una de ellas creo que hasta echó unas lagrimitas exculpatorias y todo. Y juraron que nunca más lo iban a volver a hacer, que se habían comportado como unas estúpidas y, que por el amor de Dios, las perdonara. Y Gonzalo dijo que bueno, que vale, pero habrían de quedarse de rodillas en aquella esquina hasta nueva orden. Ahí me vi obligado a intervenir.

—Gonzalo, no me dejes aquí a estas dos pedorras. Teníamos pensado sentarnos a esta mesa.

Bien, en ese caso…

—¿Habéis pagado las copas?

—No hemos pedido nada —gimió una de ellas con cara de pena. La otra no articulaba palabra, parecía bajo shock o algo así.

—Me refiero —le aclaró Gonzalo— las copas que se van a tomar mis amigos.

Cincuenta euros y las dejó marchar. Una ganga. Mis amigas, que, todo sea dicho, también son un poco perras, se despidieron de ellas con un afilado y oxidado "hasta luego, encantos". Entonces Gonzalo me dio un fuerte abrazo y un beso en cada mejilla. Y dijo que la novela había que mejorarla. Que ya hablaríamos. Y se fue.

Y yo me quedé un poco pillado. Por que no sabía en qué plan me lo había dicho. Supongo que bien, no sé. Claro que con él nunca se sabe, es tan imprevisible el chaval...

Anda que si cuento cómo lo conocí... Fue al poco tiempo de que La Sartén Por El Mango cerrara sus puertas al público. Por aquella época Gonzalo ya llevaba dos o tres años empleado en el Nativo, de recogevasos o portero o lo que le mandaran. Siempre ha sido un currante el tío, las cosas como son. Si a esto le añadimos un impresionante currículum que le situaba, con sólo veinte años, en la cúspide de los tíos más temidos de la capital, se comprende que le llovieran las ofertas de trabajo. Cuanto más peligroso es un tipo, más seguridad puede proporcionar, es así. A ver si no de qué el aguililla de Rubén se lo iba a llevar al Nativo. La policía no está preparada para protegerte de tipos como Gonzalo. Gonzalo, en cambio, puede que sí.

Rubén es el socio fundador y mayoritario del Nativo. Desde sus andanzas por Marbella con mi hermano y Pati, el tipo se había labrado cierta posición. Y luego dicen que si las drogas son malas. Gracias al negocio de la cocaína en unos dos años había pasado de ser el bocazas de Rubén a convertirse en un joven empresario divorciado, propietario de uno de los bares más punteros de Madrid y, por si fuera poco, más bocazas aún si cabe. Por si algún despistado nunca ha oído hablar de el Nativo, que sepa que es más que un bar de copas. Es una especie de campamento base para artistas, famosillos y crápulas diversos de la noche madrileña, abierto las 24 horas del día, todos los días del año. La puerta de entrada permanece siempre cerrada y es necesario llamar al timbre y que te conozcan o, en su defecto, vayas con alguien conocido para que la abran. Se entra por un pasillo estrecho que desemboca a cada lado en dos salas gemelas, cada una de ellas con sus servicios, reservados y una pista de baile rodeada de mesitas y sillones. En cuanto a la música, española y rock setentero entre semana; eurodance y algo de tecno los findes. Por lo que a mí respecta, nada del otro mundo. Y sin embargo sus más de cuatrocientos metros cuadrados de superficie escondidos en la Latina suelen estar abarrotados buena parte del año. Como dato curioso, para poder abrir las veinticuatro horas del día cierran durante unas horas una de las salas gemelas de modo que pueda ser aseada por las chicas de la limpieza. Que nadie se extrañe, pues, encontrarse con una de ellas fregando el pasillo de la entrada común. No por bohemio iba a quedar el local sin barrer.

—¿No habrás visto al Parisino por aquí?

Según la camarera, no creía haberlo visto. No lo dijo muy convencida, más bien me dio la sensación de no conocer al Parisino más que de oídas. Por lo tanto igual lo había visto como que igual no. Probé a describírselo, luego me dije que igual la tía se pensaba que estaba intentando ligar con ella y opté por pedirme una cerveza. Quinientas, me respondió. Mientras tanto, a mi derecha, desde una de las esquinas del local, alguien no paraba de dedicarme persistentes miraditas. Era él, Gonzalo, reponiendo la maquina de tabaco en plan frenético, sin por ello dejar un segundo de vigilar el local de reojo. Yo ya le conocía y, si mal no recuerdo, creo que hasta nos habían presentado una vez. La verdad es que le podía haber preguntado a él directamente si sabía algo de mi hermano. Desde que La Sartén Por El Mango cerrara sus puertas el chaval llevaba varios días ilocalizable. Mi padre, además de jodido por haber tenido que asumir las deudas del local, estaba muy preocupado. Anda, mira a ver si lo encuentras, me suplicó el hombre. Hacía más de tres años que no veía a mi hermano. Tres años de relativa tranquilidad en los que había conseguido olvidarme de la cruz que supone ser el hermano mayor de un tipo como el Parisino. No me hizo la menor gracia tener que dar ese paso atrás en el tiempo. Fue un poco mi mala conciencia y la mirada cansada, desesperada de mi viejo la que, a fin de cuentas, me empujaron a abordar a la Mala Bestia.

De un paso decidido pero infirme me acerqué a él y, antes siquiera de que abriera yo la boca, me cortó desafiante:

—¿Qué? —y, ¡bum!, cerró detrás de él la puerta de la maquina de tabaco.

Dos pasos que retrocedí, de la impresión. Luego sonreí y me dispuse a tragar saliva pero ya no me quedaba, por lo que mi sonrisa debió parecer aun más patética. Recuerdo que me froté las manos con fuerza mientras me pensaba muy mucho las siguientes palabras.

—¿Tienes un cigarrillo? —dije.

Para ser exactos, tenía dos cartones en una mano y uno abierto en la otra, o sea, más de quinientos. Antes de abrir la boca me había parecido una pregunta simpática, hasta ingeniosa, ideal para romper el hielo. Ahora, me bastó conectar por medio segundo con su poderosa mirada para comprender que había cometido algo así como un grave error. Intenté remediarlo.

—Es broma, de hecho estoy intentando dejar de fumar, ya ves tú…

—Pues vale.

Y se dio la vuelta para continuar, en cuclillas, con su labor de abastecimiento. Hubiera sido un buen momento para irme y no volver. Pero, en su lugar, me dio por dar un trago de cerveza y acercarme a sus enormes espaldas:

—Oye, no habrás visto al Parisino.

—No le conozco —respondió sin girarse.

—¿Ah, no? —Claro que le conocía, cómo no iba a conocerle…— Angel, el amigo de Rubén.

—Ya te lo he dicho, no le conozco —respondió secamente, siempre de espaldas.

Me acuerdo que era un día entre semana, martes o miércoles, a la hora de cenar, y todavía no había mucha gente en el local. La música de dentro no estaba demasiado alta, de modo que, donde estábamos era posible mantener una conversación sin gritar. Así todo, a la camarera le dio por pegar tal berrido para llamar la atención de Gonzalo, que el tío, siempre con los nervios a flor de piel, se incorporó de golpe dando un inesperado giro de noventa grados.

—Necesito monedas —volvió a gritar ella—, ¿hay algo en la máquina, Gonza?

Una minucia el maldito susto que me había pegado la tía con su chillido… si lo comparamos con el terror que sentí al ver mi cerveza derramada en la camisa y parte de la cara de la Mala Bestia. Nunca te acerques a un animal salvaje. Y menos con una cerveza en la mano. No sólo no tiene sentido hacerlo, tampoco sienta bien. Dos semanas que estuve llevando collarín por culpa de mi insensatez. Sucedió todo muy rápido. Antes de querer darme cuenta me encontraba de rodillas en el suelo, el cuello torcido por la acción del brutal pellizco que estaba sufriendo mi oreja. En esta posición me encontró Juanjo, el pincha del Nativo, cuando entró en el local. ¡Juanjo, mi salvador!, grité para mis adentros, loco de alegría.

—¡Vamos, vamos, vamos! —soltó él, mostrándome la palma de la mano para que le chocara los cinco.

Era su manera de saludar, siempre decía lo mismo. ¡Vamos, vamos, vamos! gritaba alegremente cuando me veía, sonriendo con cada músculo de su cara, como si acabara de pegarle un mordisco a una rodaja de limón. Incluso ahora, en la crítica situación que me encontraba, tuvo que expedir su saludo marca de la casa. Un tipo de costumbres.

—¿Has visto a mi hermano? —le pregunté con una voz debilitada por el dolor.

—¿El Parisino…? ¿Estuvo aquí ayer, no, Gonza?

—Eres hermano del Parisino —me preguntó extrañado a su vez mi opresor, sin soltarme la oreja sin embargo.

—Sí —gemí, levantando la vista en un sonrisa suplicante.

—¿Y cómo coño no lo has dicho antes?

Al final tuvo que soltarme la oreja para estrecharme la mano. Me dijo que era un gran amigo de mi hermano, que le quería mucho. Cuando le pregunté si lo había visto, me ofreció otra cerveza pero no me contestó. Juanjo se pidió un whisky con coca-cola y se sentó con nosotros a la barra. A pesar de todas las que me ha jugado, siempre tendré que agradecerle que me salvara el pellejo ese día. En fin, unos minutos después ocupábamos todos un reservado; unas copas, unas rayas, unas risas, lo típico. Si no recuerdo mal apareció Rubén y ya todos éramos íntimos amigos. El paradero de mi hermano ya no tenía tanta importancia. Ahora me había convertido en colega nada más y nada menos que de la Mala Bestia. Cuando lo cuente por ahí…, me dije encantado de la vida a pesar del incipiente dolor de cuello.

Y al día de hoy sigue siendo mi colega. Es así. Juanjo también. Y lo que son las cosas, aunque ya no pincha ahí, también me lo encontré el día de las pedorras consumecosméticos. Hacía un huevo que no lo veía, tipo dos años y, además, habíamos acabado peleados por alguna de sus jugarretas que ya ni recuerdo. Pero nos estrechamos efusivamente las manos y el tío me dio un qualuude. Así, de primeras. Pues vale. Me lo comí y, cuando le pregunté que coño era eso que acaba de tragarme, sólo me dijo que no convenía mezclarlo con alcohol. Corrías el riesgo de dormirte de golpe y no despertar nunca más. Me lo podía haber dicho antes, él también, joder; ya me había soplado unas cuantas cervezas y un par de copas. Y, ahora que caigo, ¿no había yo dejado ya las drogas? En fin. Le presenté a Sandra y Sabrina. Desvariamos un poco, cayeron unos cuantos tiros. Apareció Oscar, el socio minoritario de Rubén. Nos pusimos unos tiros más, más que nada no fuera a ser que nos quedáramos todos dormidos de repente por culpa de los qualuudes esos. Luego apareció el guitarrista de tal grupo y empezamos a parlotear de música. Y se sumó Gonzalo. Y más tiros, más copas, más qualuudes, y más charlas sin ton ni son. En algún momento dado mis amigas debieron irse. No creo que estuvieran ya cuando Gonzalo se puso a cantar. Y es una pena porque, dejadme que lo diga, posee una voz muy especial. Es un ídolo de Julio Iglesias y, si se dan las condiciones idóneas, gusta de emularlo en público. Ese día alguien había traído una guitarra acústica, o a lo mejor ya estaba ahí, (como para acordarme) y el guitarrista aquél improvisó una canción mientras, sobre la marcha, Gonzalo le iba poniendo letra y la interpretaba en un híbrido de bossa nova, easy listening y rumba catalana. Un estilo muy suyo que tiene la Mala Bestia. Tal dimensión fue tomando el evento, que el pincha paró la música y, micrófono en mano, Gonzalo se arrancó deleitándonos con una impecable actuación, muy sentida. En serio. Todos y cada uno de los drogadictos que ahí estábamos acordamos que si se lo proponía podía llegar muy lejos nuestra mala bestia.

Este es el tipo de cosas que hacen del Nativo un lugar muy especial. De repente se monta una movida de la hostia, como te encuentras con un mago de la tele urdiendo un truco para el personal. Ni que decir que a las pedorras de antes les tocó vivir, por así decirlo, el lado más oscuro.

Cuando acabó de cantar, más pletórico que nunca, se me acercó y me dijo algo acerca de lo que había leído de la historia que estoy contando. Pero en serio que no recuerdo el qué. Luego dijeron de ir a otro sitio, pero me abstuve, y cuando salí a la calle de bruces con todo el solazo que me di. Y no quise mirar la hora, pero lo hice. Las diez y algo. Mi mujer me mata, pensé.

A ver que haga memoria… En el verano del 91 yo vivía con mi padre y mis dos hermanas. Mi madre nos había dejado el verano anterior. Y Angel no vivía con nosotros, me parece. Tampoco estoy completamente seguro. Qué pena de memoria, en serio. En otoño de ese año mi hermana María aparecería sin vida en su cama, una mañana cualquiera, que yo tendría que haber ido a la facultad, mi hermana Sonia al colegio y mi padre a currar. ¿Y mi hermano? ¿Dónde vivía…? Quiero decir cuando volvió de Marbella ¿dónde coño vivía? Podría preguntarle, pero aquella época es una especie de tabú entre nosotros. No solemos hablar del tema. Bueno, para ser exactos, jamás hemos abordado la cuestión, siquiera de lejos. Sé que durante una temporada estuvo hospedado en casa de mi tía Julia y su marido. Lo recuerdo porque me tocó recorrer todos y cada uno de los compra-ventas de oro de la Gran Vía para recuperar las joyas que acabó robándoles. El equipo de música, la cámara de video y el televisor estaban en casa de un idiota al que prefiero ni mencionar. En cualquier caso también me tocó pagar para recobrarlos. Ahora que caigo, puede que parte de los cien gramos de Marbella fueran financiados, sin saberlo, por mis tíos. Las fechas concuerdan. O a lo mejor, cuando regresó de Marbella, con los bolsillos vacíos, tuvo que apañárselas para encontrar algo de dinero con el que aplacar la decepción de los de la calle Acuerdo. A saber… Se lo tendré que preguntar, si tal. Lo que está claro es que una vez más, por culpa de mi hermanito y sus amigos, mi familia se vio jodida. Y no fue, ni mucho menos, la última.

Ya podían llevar todos los días que quisieran sin dormir y sin comer, que Pati aseguró que no pensaba irse de Marbella sin pisar la playa. Además, ¡para algo habían traído las toallas, a ver si no! Ya, claro, para algo habían traído las toallas... De momento las llevaban enganchadas en las ventanas del Audi para protegerse del sol. ¿Adónde iban? Buena pregunta. ¿Cuánto tiempo llevaban en Marbella? Yo qué sé. ¿Vendieron ya la coca?

Ya basta. Típicas preguntitas para organizar la narración. A tal hora fueron a tal sitio por esto o por aquello y volvieron después de tanto tiempo. Estupendo. Pero con esta gente no funciona. No se puede. Angel, por favor te lo pido, si quieres que esto tenga un mínimo de sentido me tienes que decir por lo menos si llegasteis a vender el perico.

—No —me dice.

¿Entonces qué? ¿Os lo pulisteis?

Bueno, gran parte de los cien gramos fue consumida. De esto no cabe duda. El resto desapareció. Puede que Angel perdiera la bolsa. Pero qué más da ya, venga. No tiene importancia. Eran sólo cien gramos. Desvariaron un poco, vale. ¿Y quién no lo ha hecho alguna vez? También era la época. Ahora ya ni queriendo. Ya no se puede. Para empezar no hay aguante. Si se nos ocurre pasarnos varios días sin dormir, desparramando como hace unos años, habríamos de enfrentar tal resaca, tal depresión que, en fin, mejor ni pensarlo. Es así. ¿Quién le manda entonces seguir haciéndolo?... (¿Y a ti, ya que estamos?) La cocaína no le sienta bien. El alcohol menos.

Según su estado de ánimo puede llegar a desvariar hasta el punto de alucinar. Ya no se queda bloqueado o le da por imaginarse paranoias como hace diez años, que si le están mirando raro o los alemanes están compinchados con Rubén y Pati. Ahora las vive. Son tan reales que es capaz de volverte loco. Llamadas a medianoche. O a mediodía, para el caso es lo mismo. Me han atracado. ¿Dónde estás? En la suite de un hotel de puta madre, en Ibiza. No entiendo... y es que no hay manera de seguir su incoherente discurso, porque primero te dice que está bien, luego que se está muriendo, que si me quiere mucho, que perdón... ¿Perdón por qué? Y entonces se ralla y te asegura que le están persiguiendo y le quieren matar y que si, por casualidad, no seré yo uno de ellos. Y me lo imagino como lo he visto otras veces, llegando a casa, en calzoncillos, descalzo y con la camiseta hecha tirones. La mirada perdida. Sonriendo. Intentando llorar. Balbuciendo. Asustado. Sufriendo en definitiva. Y, claro, te invade cierta angustia impotente, que no es otra cosa que remordimientos; mala conciencia. Después de todo soy su hermano mayor. ¿Y qué hostias puedo hacer por él si él es el primero en no querer ayuda? Es una puta caca. Así lo digo, no dispongo de palabras más bonitas. En lo que a mí respecta no hay literatura que pueda describir esto. Ya me gustaría a mí ser capaz de explicarlo decentemente. Y, puestos a pedir, ¿cuándo coño va a acabar esta historia para que, por fin, pueda dedicarme a mis cosas?

Cuando nuestra madre empezó a volverse loca, no la hice ni caso. A mis veinte años había otras cosas mucho más importantes de las que preocuparse. Un ejemplo. Un sábado o viernes por la noche tuve que volver a casa porque me había quedado sin un chavo y la noche, como quien dice, aun era joven. Encontré a mi madre en la cocina. Hola, mamá. Empezó a decirme que yo era el único que le comprendía. Vale, mamá. Si acaso lo hablamos mañana, me están esperando. Cogí el dinero de mi habitación y seguí de marcha. Y no quise o no supe darle importancia al hecho de que estuviera bebiéndose un plato de sopa con las manos. ¡La tía, a sus treinta y nueve años, se estaba tomando la sopa como un indio que bebe agua del arrollo! Ni siquiera le sugerí que utilizara una cuchara. Era sábado o viernes por la noche, joder. Me estaban esperando abajo, tenía derecho a divertirme un rato, ¿no? Y luego está cuando se tiró por la ventana del séptimo piso de mi abuela.

Me sorprendí al ver la puerta de la cocina abierta cuando volví de marcha aquel domingo o sábado de junio. Serían las diez o así. ¿Hay alguien en casa? Ni Dios. ¿Qué hostias estaba pasando…? Y sonó el teléfono. Era el hijo de un amigo de mi padre con el que tuve cierta amistad hace unos años. ¿Has hablado con tu padre? No, ¿porqué? Llámale, me dice, está en casa de tu abuela. ¿Por qué? Llámale, insiste. Pero por qué, ¿ha pasado algo? Tú llámale, anda, por favor. Y cuando mi padre me dijo que mi madre estaba muerta, le pregunté si estaba seguro. Claro que estoy seguro. Cómo no iba a estarlo, menuda frivolidad por mi parte ahora que pienso. Y entonces agarré y puse música en mi cuarto y me miré al espejo e, increíblemente, me acuerdo que llevaba una camisa de rayas.

Por aquella época iba de pijo. Hablaba de coches con mis amigos y de marcas de ropa. Cuando ahora sé que nunca me ha importado nada toda esa mierda, lo juro. Era inseguridad, sociabilidad, ganas de pertenecer a algo, aunque tan sólo fuera a un grupo de jóvenes vacíos y estúpidos. Vivía para el fin de semana, es así. Para emborracharme e intentar ligarme una tía y luego fanfarronear con los colegas. Un poco como los de la banda del Molina. Así de artístico todo. Y, hablando de todo un poco, aquel día volvía de haberme follado una gorda en la calle. Sonará exagerado y todo lo que se quiera pero es la puta verdad. Y durante el entierro y el funeral de mi madre y la semana siguiente estuve pensando qué hostias de enfermedad me había transmitido la gorda esa, porque el prepucio me escocía y apestaba tanto que me costaba horrores mantener las formas. Pero eso no es lo peor. Lo que verdaderamente me retuerce el estómago y me da ganas de agarrar la pantalla del ordenador y estrellarla contra la pared es que cuando llegué a casa de mi abuela, después de haberme follado una gorda en un puto callejón, mi hermana María me recibió con los brazos abiertos y yo la esquivé. No me llevaba bien con ella. Por eso no di un mísero abrazo a mi hermana el día que mi madre se fue. Y unos meses después desaparecería ella también. Y ahora estoy a punto de ponerme a llorar de la rabia. Pero casi que no. Y eso que dicen que es bueno llorar de vez en cuando…

Hablando de llorar, nunca he visto a mi hermano llorar la muerte de mi madre o mi hermana, y eso que, con esta última, eran uña y carne. De hecho soy incapaz de recordarle, de situarle en aquellos momentos. Es cómo si no hubiera estado. Como si se hubiera escondido en alguna parte para encerrarse con su dolor.

Por lo visto Rubén consiguió quemar el embrague del Audi. Y es que, intentando desaparcar, enganchó al coche de detrás con la bola para el remolque. Era una calle empinada y el otro coche debería tener el freno de mano echado. A pesar de todo ninguno de los ocupantes del Audi achacó la falta de potencia y el humo negro que salía por el capó al hecho de que estuvieran arrastrando cuesta arriba un escarabajo de los antiguos. Incluso cuando el coche se negó a avanzar un metro más, Rubén continuó pisando el acelerador hasta conseguir rematarlo por completo. De ahí que tuvieran que volverse en avión a Madrid.

Para conseguir parte del dinero para los billetes mi hermano le propinó un tirón a una guiri. Mala suerte, al acompañante de ella le dio por perseguirle por las callejuelas de San Pedro de Alcántara y, tras darle el esquinazo, Angel se vio obligado a refugiarse en el primer local abierto. Entiendo que el ver entrar en una peluquería para señoras a un adolescente raquítico, sudoroso y con un bolso de mujer bajo el brazo, tuvo que causar cierto alboroto entre la clientela. Nada comparable, sin embargo, con el desconcierto que hubo de provocar en las peluqueras la aparición de un cliente con el pelo prácticamente rapado. No obstante mi hermano asegura que mantuvo suficiente presencia de ánimo para preguntar si había de esperar mucho para lavar y cortar su mechoncito…

—Se lo cortaba yo, el mechoncito… ¡pero de un tirón!

Y es que a Coque no le hacen ni puta gracia los bacalas drogadictos. De ahí sus palabras cuando le conté el otro día la anécdota de la peluquería. ¡Anda que si hubiera sido él su hermano mayor… iba el chaval ir tocando tanto los cojones por ahí! Dos hostias bien calzadas a tiempo es lo que hubiera hecho falta. Así es como lo ve mi amigo. Cierto es que lo dice un poco por decir; aunque de carácter impetuoso y un tanto incontrolable a veces, en el fondo no es una persona violenta. Se deja llevar por la emoción, de eso no hay duda, a veces incluso un poco más de la cuenta. Cuando bebe, sobretodo. Y si encima se ha puesto, ya sí que no hay quien le controle, arrambla con cualquier cosa que se cruce en su camino. Como aquel día, saliendo de un after, en el que de sopetón decidió que nos fuéramos a Atocha a pillar el Ave de las 12:00. No teniendo nada mejor que hacer, le seguí. Generoso como pocos, pagó él los billetes y también las cuatro o cinco copas que nos pimplamos en el vagón bar. Aquél día iba lanzado, tanto es así que saliendo de Santa Justa, a riesgo de ser atropellado, se plantó delante de un taxi en marcha para detenerlo.

—¿Está libre? —gritó, dando un manotazo en el capó.

Lo estaba. Subí detrás de él.

—A la plaza de España, caballero —exigió pletórico.

—¿A la plaza de España? —dije yo.

Sí, confirmó él, bajó la ventanilla y no volvió a abrir la boca hasta que, una vez llegados a nuestro destino, le dijo al chofer que se quedara con las vueltas. Nada más salir del taxi se encendió un cigarro y empezó a correr hacia la fuente. Yo le seguí, corriendo también. Su alegría resultaba contagiosa… Hasta me entraron ganas de gritar y reír como un niño pequeño. ¿Adónde iba el muy loco? ¿Qué pretendía? Cuando lo

114

comprendí paré en seco. ¡El tío se estaba quitando la ropa! Primero la camisa, que lanzó alegremente al aire. Luego una zapatilla, la cual casi impacta contra uno de los turistas que pululaban por la plaza. Luego la otra, todo esto, conste, sin apenas dejar de correr. Sólo se detuvo cuatro o cinco segundos, lo justo para desenfundarse los pantalones antes de tirarse a la fuente.

A eso había venido a Sevilla el tío, a chapotear en una fuente. ¿Y yo? Bueno, de momento le fui recogiendo su ropa desperdigada por la plaza. No acababa de creerme lo que estaba pasando, después de todo habíamos coincidido el día anterior en un cumpleaños... en Madrid. Veinte horas después lo tenía dando un espectáculo gratuito e indecente en la vía pública, a las cuatro de la tarde. Incluso hubo un japonés que le sacó un foto. Vale que podría haber tirado su ropa al suelo y haberme largado de ahí, total no había hecho nada malo, pero, claro, por un lado Coque era un buen tío y, por otro, no me quedaba un chavo en los bolsillos, ¿adónde coño hubiera ido? Así que nada, cuando oí el toque de sirena, me quedé donde estaba, junto a la fuente, la ropa de Coque en los brazos. A verlas caer, como quien dice.

No parecía mayor que nosotros el policía municipal que, walkie talkie en mano, se acercaba con andares rutinarios. Tampoco se le veía de mala hostia al tipo, incluso se le diría, sino divertido, entretenido por la situación.

—...individuo blanco, metro ochenta... unos veinticinco años... —retransmitía con voz monótona— en ropa interior... evidentes síntomas de embriaguez...

Le supliqué a Coque que diera por finalizado su chapuzón. Una cosa es venir a darse un bañito a Sevilla y otra muy distinta chuparse una tarde de resacón en el calabozo de una comisaría. Acabó por hacerme caso, pero en vez de comportarse como cualquier persona en su sano juicio y vestirse primero, fue directo al policía.

—Buenas tardes, agente.

Tras dedicarle una mirada de arriba abajo y de abajo a arriba, el agente se dirigió a mi amigo en un tono condescendiente, con un ligero acento andaluz:

—¿Qué…, nos hemos tomado hoy unas copitas de más, eh, chaval?

Antes de responder, Coque se llevó el cigarro a la boca y aspiró con fuerza sin dejar de mirar a los ojos del agente. Suerte que el cigarrillo estaba empapado y no expulsó más que aire a la cara del policía.

—Para ser exactos, agente… —comenzó a decir antes de lanzar desafiante la colilla de un capirotazo al aire— las que me han salido de la punta del nabo. Ni una más, ni una menos.

La novia de Coque, además de ser de muy buena familia, es una preciosidad. Encima es discreta, atenta y, cosa más inusual aun, sabe acoplarse a situaciones y ambientes muy distintos. A veces la gente se pregunta qué verá la tía en él. Yo, en cambio, creo que hacen muy buena pareja. Por un lado, Coque también es un tío guapo, esbelto y fibroso, con unos ojos verdosos que, por un motivo u otro, siempre están brillando de emoción, eso sin hablar de su encantadora sonrisa, espléndida y contagiosa. Y luego, como he dicho antes, es muy buen tío. Se desvive por sus amigos, muchas veces en su propio perjuicio. El único defecto, por así decirlo, es que a veces se le va un poco la pinza, como ahora, en gallumbos que estaba, empapado de agua, su intensa mirada clavada en los ojos del policía municipal...

A diferencia de hoy, por aquel entonces no es que fuéramos realmente amigos. Al principio de la noche nos veíamos porque teníamos amigos en común, luego, a medida que los demás se iban retirando, resultaba que, al final, solíamos acabar tomándonos la última por ahí, mano a mano. Así que, aparte del hecho que fuera igual de vicioso que yo, tampoco es que supiera mucho de su vida. Desde luego, sin ir más lejos, no sabía que fuera sargento de la guardia civil y pudiera permitirse el lujo de plantarle cara impunemente a un agente de la policía municipal.

Pero ya contaré más cosas de él, más delante...

No siempre uno puede contar lo que le apetezca. Hay cosas que no convienen que se sepan, por supuesto, y otras no interesan a nadie. El Parisino me lo ha dejado muy claro. Ya puedo ir dejando de lado mis reflexiones del tres al cuarto y, en cuanto a la gente que no conoce, tipo Sandra y Sabrina, mejor que la mencione lo justo y necesario. Que me tengo que centrar, vamos. Tanto es así que me ha tocado borrar un par de capítulos y retocar unas cuantas cosas, pero, claro, quien paga, manda. Así es como funcionan las cosas.

Clarita la conoce, de ella se puede hablar. Al igual que Pati, con el tiempo también ha conseguido embaucar a un divorciado presumido con deportivo. Otra que tal baila. Sandra y Sabrina la conocían. Qué casualidad, dice mi hermano. Pero de casualidad ninguna. Todo tiene un porqué. Otra cosa muy distinta es que tenga explicación, o que mis palabras suenen creíbles. Digamos que Sandra salió hace unos ocho o nueve años con un tipo llamado Oscar (nada que ver con el socio del Nativo), que por aquella época me pasaba diez gramos semanales para que yo pudiera sacarme un dinerillo extra en el Factores. Oscar, a su vez, era abastecido todas las semanas por Claudio. Y aunque podía considerarme tan amigo de Oscar como de Claudio, mis necesidades económicas y, sobre todo, mi vicio no imponían saltarse la escala de camellos. Por otra parte nunca me interesó progresar en la profesión. Cuestión de carácter, supongo. Bueno, a lo que iba, Claudio salía con Sabrina. Y Sabrina y Sandra eran amigas del instituto. Un día Claudio y Oscar se enfadan a muerte y yo empiezo a verlos lo justo porque no quiero que me coman la cabeza con sus reciprocas movidas. Pasa un tiempo y Sandra corta con Oscar y poco después Claudio con Sabrina. Y con los años, Sabrina y Sandra pasan de ser las novias de mis amigos a convertirse en dos buenas amigas mías sin más. ¿Y Clarita? Pues Clarita se ha casado con el que fue asesor financiero de Claudio. ¿Qué casualidad, verdad? Pues es así. Reconozco que contado de este modo suena a conversación entre vecinas tendiendo la ropa. Después de todo acabo de resumir cinco o seis años de relaciones tumultuosas en un párrafo. Habría muchas más cosas, pero no vienen a cuento. Al menos de momento, luego ya veremos si convenzo al otro...

Lo que importa es que en la fiesta del vigésimo primer cumpleaños de Claudio, coincidimos todos. Sandra, Sabrina, sus novios, el asesor de Claudio y Clara. Por entonces estos dos últimos ni siquiera salían juntos. Clara había ido a la fiesta porque era amiga del Cuajo, un vecino de Claudio y un idiota con flequillo para más señas. Estamos hablando de Agosto de 1996, el año más oscuro de mi vida y del que, afortunadamente, menos recuerdos conservo. Uno de ellos, sin embargo, es aquella fiesta de cumpleaños. Fue en Factores. Me tocaba pinchar aquella noche, así que entre las escapadas al baño de vez en cuando tenía que pasarme por la cabina a cambiar de compact. Esa noche, lo digo ya, pasé más tiempo en los servicios que en la cabina, no es difícil pues hacerse una idea de la envergadura del evento. Recuerdo que llegamos a coincidir más de once, haciendo cola en el baño, charlando de esto y de aquello, qué te cuentas, cuánto tiempo, ¿cómo acabó lo de tu juicio?… mientras tanto, dentro del retrete, a lo mejor preguntaba una voz ¿cuántas? ¿once? ¡Qué sean doce! que podía gritar tal vez el Lito entrando en ese momento por la puerta. Anécdotas. Oh, ya casi se me olvida, la tarta de cumpleaños de merengue azul… la que se cayó al suelo y con la que una camarera se pringó todas las manos para recoger los trozos y guardárselos en el bolso. Más que nada, explicó ella, para seguir el pedo después de currar: le dijeron que uno de los ingredientes era sicotrópico; pastillas o tripis o algo por el estilo. Y a lo mejor era verdad, seguro que sí. En fin, anécdotas… El primer acontecimiento de la noche, en cambio, sería la mirada de Clarita. La tía me clavó sus ojos negros durante medio segundo y, aunque estaba a más de diez metros de distancia, casi caigo fulminado.

La chica del súper…

¿Qué coño hacía aquí?

Ya lo he dicho. Era amiga del idiota del Cuajo, casualidades de la vida. Al cabo de un rato Sandra me comentaría que se pusieron un tiro juntas.

—¿Quién se lo puso a quién? —le pregunté yo, un poco para centrarme.

—Yo a ella —me aclara.

—¿Y de qué hablasteis?

—¿Qué pasa, te mola?

—Era la cajera del súper del al lado de mi casa, sabes.

—¿En serio? ¿Y porqué no la saludas?

—No creo que me reconozca.

Pero acabé saludándola. Y me enrollé con ella. Sí, yo

mismo, en persona. Y si no me la tiré fue por culpa de la mala suerte o, lo que es muy parecido, mi compleja gilipollez adaptativa. Después del Factores fuimos todos a una discoteca de pijos en la calle Arenal donde nos esperaba un par de mesas reservadas. Volví a cruzar una mirada con ella. La tenía en una de las esquinas de la pista de baile, a unos cinco metros de mí, junto a Sandra y Sabrina, dejándose ver… moviendo las autoritarias curvas de su cuerpecito, así, como quien no quiere la cosa… un reclamo amoroso en toda regla que, reconozcámoslo, me tenía desesperado. No podía parar de mirarla, el corazón se me estremecía con los movimientos de su culo, y juro que me faltaba el aire si, a la muy golfa, le daba por agitar la caballera en ese gesto tan coqueto y eficaz… Aun así nunca jamás me hubiera acercado si Sandra y Sabrina no se hubieran puesto a hacerme una serie de señas y aspavientos difíciles de pasar por alto. Intuían ellas las fuertes emociones que despertaba en mí Clara y, por lo visto, aquella noche les había dado por ejercer de celestinas. Que así fuera. Copa en mano, me acerqué y, sin más, entablé conversación con Clara. Está claro que no me acuerdo de qué hablamos, pero sería de menudencias varias, de esto y aquello, como en la cola del retrete con los chicos… a diferencia de que está vez no prestaba la más mínima atención, confundido como estaba por el escandaloso y progresivo acercamiento que estaba llevando a cabo la chica. ¡La tenía pegada como una lapa!

Hay que decir a su favor que se la veía completamente trompa. Además creo que había catado la tarta azul. Y, claro, me aproveché. No soy gilipollas. A ver qué iba a hacer si no.

No todos los días dispone uno de la oportunidad de enrollarse con una de sus fantasías sexuales. Empezó ella, que conste, al rozar furtivamente sus labios con mi oreja. Al cabo de un rato, sin comerlo ni beberlo, ¡estábamos agarraditos de la cintura! Ya era mía… y, de repente, alguien va y decide que teníamos que ir todos al Madcap ya mismo. Pues bueno.

Nos acoplamos en el asiento trasero del todo terreno de Claudio, cogiditos de la mano, acariciándonos los dedos, muslo con muslo; yo le sujetaba la cartera mientras ella esnifaba su rayita. Acto seguido me correspondía con una encantadora sonrisa, un tanto viciosilla tengo que decir también. Estábamos hechos el uno para el otro. En la discoteca lo primero que hice, noblesse oblige, fue plantarle un morreo en toda regla. Faltaría más. Y ella se entregó. Hasta se dejó palpar aquellas tetas por las que tantas veces había suspirado años atrás de vuelta de la compra. Insuperable.

Tras el magreo, las presentaciones. Para ello nos alejamos de las luces y el escándalo sonoro de la pista de baile, y hundimos nuestros cuerpos en unos fláccidos sofás. Le dije mi nombre.

—Yo me llamo Clara —dijo ella a su vez—, encantada.

—El gusto es mío —aseguré.

La chica se rió y dijo que le sonaba mi cara de algo.

—Soy con el que has estado enrollándote, ahí, en la pista de baile, ¿no te acuerdas?…

Volvió a reírse y me dio una palmadita en el pecho, como diciendo "no seas tonto…"

—Sí quieres —propuse, acercándome a sus labios—, te

puedo refrescar la memoria…

—Un momento… —me detuvo ella, entornando los ojos— ¿Tú no eres el hermano del Parisino por casualidad?

Estuve a punto de negarlo. No era el momento ni el lugar de hablar de él. De hecho nunca lo era. Y ahora menos, por favor. Con lo bien que estábamos, tan de buen rollo… Angel, en cambio, dejad que lo diga, siempre había sido sinónimo de problemas. Sólo con oír su mote o su nombre se me encogía el estómago: "a ver qué es lo que ha hecho ahora". Llevaba unos cuantos años sin verle y, si por mi fuera, no quería volver a saber nada de él, nunca más. Sin resentimientos, que conste, pero, eso sí, total y plenamente convencido.

—Sí… —admití a pesar de todo— Pero hace mucho tiempo que no le veo…

—¿Pero sabes que ha montado un restaurante, no?

Sí, algo había oído. En mi familia no se hablaba de otra cosa, mira tú por donde.

—Con el Pulga y Rubén —dije, desganado, un poco zanjando el tema.

—¿Los conoces?

—Si, bueno, de vista… Tampoco te creas…

—Pues te voy a decir una cosa. Quieren hacerle el lío a tu hermano, sé de qué hablo. Menudos son esos dos…

No quería saber más. Stop. Me iba a dar un bajón de un momento a otro, lo notaba, así que propuse que saliéramos a la calle, a atusarnos un poco. Le pedí a Claudio las llaves de su todo terreno. Y en mala hora. Gilipollas de mí, confundido con la historia de que el Pulga y Rubén querían tangar a mi hermanito, me las olvidé encima del salpicadero después de enchufarnos los tiros. Y el buga, como no podía ser de otra manera, quedó cerrado por dentro. ¿Y ahora qué? Negociamos con los porteros del local la posibilidad de que alguien pudiera hacernos un apaño con la cerradura del coche. Pero no pudo ser. Así que, al final, me vi en la obligación moral de acompañar a Claudio a su casa a por otro juego de llaves. Le rogué a Clara que no se fuera, que volvíamos en unos minutos. Le di un pico y paré un taxi, que por supuesto le tocó pagar al gilipollas número uno.

Cuando llegamos a casa de mi amigo, no pude más que contarle que me había enrollado con Clarita (como si no nos hubiera visto dando el cante en medio de la pista central del Madcap...) Nos pusimos una copa para tratar adecuadamente la cuestión y, como a mí todavía me quedaba algo en la papelina, aprovechamos que su padre seguía de vacaciones para limpiarla a fondo. Y, ya puestos a rajar, le confesé que estaba enamorado de Clara. Llega un momento en la noche en el que uno pierde cualquier rastro de pudor, siempre pasa... El, en cambio, se puso en plan sabio y me soltó que sabía de buena tinta que se trataba de una comebolsas interesada, un poco como el Cuajo pero en tía. Bueno, será. Pero qué le iba a hacer yo si era el amor de mi vida. Contra eso no se puede luchar, amigo, c'est la vie. Hay que batallar por lo que se ama, ¿qué puede haber de más bonito, si no, en la vida? Decididamente, en cuanto a decencia se refiere, había tirado la toalla aquella noche.

Ni que decir que no volvimos al Madcap. Cuando salí de casa de Claudio eran más de las once de la mañana. De vuelta en casa, con el corazón loco, intenté correrme pensando en el amor de mi vida pero, por lo visto, las copas consumidas pudieron más. O tal vez fuera la tarta azul. O los remordimientos por no haber preguntado a Clara de qué manera querían aquellos dos tangar a Angel. Tal vez podría haberlo evitado…

Al Cúster le importaba ya tres cominos si un grupo de skins andaba buscándole para partirle la cara. No aguantaba más en el muermo de pueblo aquél. Al día siguiente de destrozar el despacho del Alcalde y profanar la iglesia, agarró el primer autobús de vuelta a Madrid y cinco horas después recibía un besito de bienvenida de su hermanita. Su madre ni le preguntaría dónde había estado, seguro. Aunque tampoco podría jurarlo, no estuve ahí. No son más que meras especulaciones narrativas si se quiere. Mi hermano asegura que volvió con un cáliz de oro y contando que había destrozado el despacho del alcalde. Pero también es verdad que el Cúster tiende a dejarse llevar por su jugosa imaginación, ya lo he comentado. ¿Entonces? Entonces nada. Es lo que hay. No podemos saberlo todo. En su momento venía bien contar lo del Cúster trepando por la fachada de la alcaldía cargado de rabia destructiva. Ahora ya no tiene tanta importancia. La historia cambia, todo cambia. Lo de los skinheads que le perseguían era porque el partido buscaba venganza. Normal, por otro lado.

Cuando aquel lunes por la mañana la secretaria pintarrajeada abrió la puerta tuvo que fliparlo a lo grande. Patas arriba que encontró la oficina. ¿Un atraco? Bueno, habían forzado la caja fuerte, sí. Eso seguro. Pero Angel dice que no se llevaron nada. Dentro sólo encontraron unos sobres con documentos, papeleo sin valor. Y la oficina era tan cutre que no había nada que pudieran revender, ni un mísero ordenador tenían los muy miserables. Por lo menos les permitió montarse una fiestecilla. Algo es algo.

La caja fuerte la abrió un tipejo curioso. Se hacía llamar Johnny, en honor al guitarra de los Ramones. Unos treinta y algo tendría, o sea, un viejo. Apenas disimulaba un pronunciado estrabismo debajo de sus greñas grasientas y enmarañadas. De carácter bonachón y taciturno así es como grosso modo me lo describe Angel. Otro rasgo importante de Johnny es que pertenecía, aunque fuera de manera algo inestable, a Alcohólicos Anónimos. Nuestros amigos ya lo sabían de otras ocasiones, pero aun así le ofrecieron una copita para darle la bienvenida. Les hacía gracia eso de que el tipo fuera alcohólico, resultaba pintoresco. Al hombre, en cambio, se le veía tan concentrado y empapado de sudor tratando de conseguir la mezcla idónea de ácidos que apenas les hizo caso.

—¿Seguro que no te tomas una copita, un chupito aunque sea? —insistieron ellos en plan educado.

—No gracias —rechazó tajante.

—¿Te queda mucho?

—Un poco todavía.

—¿Eso es ácido sulfúrico?

—Nítrico.

—¿Dónde lo has conseguido?

De un disolvente para limpiar armas de fuego.

—¿Y esa crema qué es?

—Glicerina pura.

—No jodas. Oye, ¿seguro que no quieres una copita?

Víctor era el más interesado en descubrir qué pasaría si el hombre se tomaba una copa. Decían que esos tipos no deben probar ni una gota de alcohol, o la mezcla puede resultar muy peligrosa. En ese caso, uno con explosivos entre las manos ya tenía que ser la rehostia. Este era el tipo de cosas que de verdad motivaban a Víctor y cabezón como era, no permitiría que el tipo se fuera sin tomarse un trago. No todos los días un psicópata se encuentra con la posibilidad de emborrachar a un alcohólico provisto de explosivos, compréndase.

El Cúster y el Parisino también eran gente de carácter obstinado, como ejemplo sirva el empeño demostrado en la guerra particular que estaban llevando a cabo. Dos horas que llevaban ya pegados al teléfono moviendo Roma con Santiago, peleando duro para conseguir lo suyo, como si de dos afanados agentes de bolsa se tratara. ¿Y el Pulga? Bueno, lo del Pulga ya es más complicado. Lo que me contó en el Syrius acerca del asalto a la sede no concuerda mucho con lo que ahora me dice el Parisino. Para empezar, según el Pulga, fue otra persona quien abrió la caja fuerte. Estoy casi seguro que me dijo que fue el Espagueti. Lo recuerdo porque el Espagueti es el hermano pequeño de un amigo mío y me hizo gracia la casualidad. No creo que la memoria me la haya jugado hasta este punto.

—¿El Espagueti? —se extraña mi hermano cuando le comento mi recelo—. Pero si ese tío es un pringao. Me extraña mucho que el Pulga te haya dicho eso. Se te va la olla.

Vale, ya está, puede que se me vaya la olla. Seguro que no le faltan motivos para pensarlo. Aclarada la cuestión, ¿dónde cojones estaba el Pulga?

—Pues con nosotros, con un pedo de la hostia.

Según mi hermano, andaba vomitando por las esquinas de la oficina. Algo no le había sentado bien y, por mucho que se esforzara, su organismo no acababa de expulsarlo como es debido.

—El alcohol es una mierda —comentó el Johnny a propósito de la cara verdosa del Pulga.

—Sabes que no es verdad —le contradijo Víctor— Anda, toma, dale un trago, ¡deja de hacerte de rogar ya, que pareces gilipollas...!

Y le ofreció la copa y el estrábico especialista en caja fuertes la volvió a rechazar sin inmutarse, por lo menos en apariencia, ya que, visto lo visto después, la procesión debía de ir por dentro en esos momentos. El caso es que unos minutos después consiguió su objetivo, casi al mismo tiempo que el Parisino y el Cúster lograban el suyo. Este último había localizado al Cosaco después de la enésima llamada, según parece gracias a un número de teléfono proporcionado por la prima de una tal Loli. Y es que el sábado por la tarde es complicado conseguir cocaína. Los camellos serios no trabajan los fines de semana y los otros a saber dónde podían estar un sábado por la tarde. Diez gramos del ala que le habían encargado.

—¿Diez gramos? —exclamó Víctor—. ¿Y cómo hostias piensas pagarlos?

—Pues con lo que saquemos de la caja fuerte.

Parecía evidente. Lo malo es que el Cúster aun no sabía que de la caja fuerte no sacarían más que un montón de papeles.

—Vaya mierda, ¿no? —comentó tras escuchar la mala

nueva—. ¿Y para eso tienen una caja fuerte? ¿Para guardar papeles? Mañana mismo me borro del partido, no hay más que hablar.

El Johnny, que empezaba a olerse el percal, decidió que había llegado el momento de reclamar su estipendio.

—Lo siento, macho —le respondió Víctor con una palmadita en el hombro—. Ya has visto lo que hemos conseguido con tu trabajito. Papeles.

—Algo me tendréis que dar. Me lo he currado más de dos horas.

—Como no quieras una copa…

El Johnny echó un vistazo a una de las botellas que habían traído el Cúster y Angel. La agarró por el cuello y, tras pensárselo medio segundo, se la llevó a la boca, directamente. Mi hermano asegura que se la bebió entera. Y eso que todavía quedaba más de la mitad. Después de soplarse el whisky se puso a hablar, pero sin mucha coherencia que se diga, como lo hacen esas vagabundas borrachas que viven con un par de perros en la calle y un carrito de la compra. Incluso le dio por ponerse cariñoso y hasta intentó abrazar a Víctor.

—No te pases ni un pelo —le advirtió éste arreándole un empujón.

El Cúster tuvo que intervenir:

—Vamos, Víctor, ¿para qué discutís tanto? Si en el fondo os queréis… Anda, venga, dale un abrazo, qué te cuesta.

—Eso, tú encima hazte el gracioso, vas a ver qué rápido se quita la guasa cuando llegue el Cosaco y no tengas con qué pagarle.

Esto último, al parecer, le dio de qué pensar a Cúster.

—Oye —le dijo a Johnny— ¿No llevarás algo de dinero encima?

El alcohólico se lo quedó mirando, tambaleándose, con esa expresión entre boba y estreñida que adoptan los borrachos del mundo entero cuando no comprenden algo.

—A lo mejor podrías dejarnos algo de pasta —sugirió el Cúster—, te la devolvemos la semana que viene como muy tarde.

Seguía sin comprender el Johnny.

—¿Y tarjeta de crédito? Anda déjame ver tu cartera, haz el favor.

El Johnny pegó un respingo cuando Cúster intentó echarle mano al bolsillo trasero del pantalón. Se produjo un forcejeo y el joven falangista necesitó de la ayuda de sus amigos para inmovilizarlo. Angel asegura que el borracho se debatió como un cerdo que fueran a degollar. Todo para nada sin embargo, porque en la cartera no llevaba gran cosa que se diga, como no fuera un billete de metro y dos talegos que se adjudicó Víctor. La cabeza entre las manos, Johnny se quedó llorando un ratito, desconsolado, acurrucado en el suelo. Unos minutos después se recuperaría para preguntar si quedaba algo de alcohol y, como le dijeron que ya había bebido bastante, se largó de la oficina, cabizbajo y taciturno.

—Pobre hombre —admite ahora el Parisino —, seguro que se iría al bar.

O a zurrar a la parienta, vete tú a saber; a los alcohólicos también les da por ahí a veces. A mí también me da lástima, pero qué le vamos a hacer, ya es demasiado tarde… Además todavía tenemos la cuestión de ver cómo se le pagaba la pasta al Cosaco. Según Angel, no consiguieron localizarle de nuevo. Ya había salido y, por aquella época los móviles eran aparatos enormes que solían llevarse en un cochazo, y los de la calle Acuerdo todavía no conocían a nadie que pudiera permitirse ni lo uno ni lo otro. Eso sí, como el tipo llegara y nadie tuviera con qué pagarle se iba a montar una buena.

—Bueno, pues nos largamos y fuera —propuso el Cúster.

—Ya claro, ¿tú estás tonto…? —dijo el otro— Y mañana lo tienes con sus amigos de Alcalá buscándonos por el barrio. Tú verás lo que haces. Después de todo has hablado tú con él. Yo no pinto nada.

—¡Mira tú por donde le he dicho que eran para ti! A mi no me los quería vender. Todavía le debo una pasta gansa de la última vez.

Fue el Pulga quien tuvo la idea de revenderlos antes de que llegara el Cosaco. No me extraña que, a pesar de lo relatado, fuera el más sobrio y lúcido de los tres.

—Llamamos a la basca. Les decimos que hay una fiesta, y que se traigan algo de alcohol y pelas para el tema.

Así fue como vinieron Rubén, al Rata, Javi Tocho, Javi Cinco y compañía. No fue nada complicado dar con ellos, la mayoría solía quedar para fumar los sábados por la tarde en un parque del barrio del Pilar. Con localizar a uno en casa, encontrabas al resto. Así que en un par de horas se juntaron más de veinte personas en la oficina. Entre todos reunieron los doce mil duros para pagar al Cosaco, el cual también decidió quedarse un rato para intercambiar impresiones con los chicos de la calle Acuerdo. Si querían, propuso, podía fiarles una cantidad más grande. Pongamos que cien gramos. Rubén se ofreció para venderlos en Marbella. Su novia tenía contactos ahí. Vale, dijo Víctor; Angel irá con vosotros.

(Así es cómo Angel explica la gestación del viaje a Marbella. Lo que es a mí, no me concuerdan mucho las fechas. Se lo he dicho, pero ni caso.)

Ah, por cierto, otra cosa que encontró Olga al entrar en la oficina, además del desorden general y peste a humo, fue al Cúster tirado en un sofá. El cabrón no sólo pretendía que le dejaran seguir durmiendo un ratito más, además se fue de la oficina refunfuñando y sin despedirse si quiera. Como si le estuviera viendo, dice mi hermano.

No soy tan idiota. Sabía que no conseguiría nada serio con Clara. Estaba más claro que el agua que un tipejo como yo nada tenía que ofrecerla. Y aun así un buen día cojo y de perdidos al río me planto en el supermercado de la calle Acuerdo. Habían transcurrido varios meses desde lo del Madcap, una eternidad en la que, a pesar de no tener noticias suyas, no pasó un solo día sin que dejara de pensar en ella. No le pedí su número, no sabía donde vivía y el gilipollas del Cuajo me daba largas cada vez que preguntaba por su amiga. Sólo me quedaba el súper.

Lo encontré igual que siempre. El viejo de Clara controlando el percal desde detrás del mostrador de la charcutería y la madre sentada a la caja, rodeada de chucherías y bolsas de patatas fritas. ¿Y Clara? Osé preguntar por ella. Intenté parecer natural, pero me puse tan nervioso que debí pasar por un pervertido sexual o, en su defecto, un deficiente mental. Hablé rápido y entrecortado, bizqueé y me toqué repetidas veces la cara; ese tipo de cosas que uno hace cuando quiere parecer natural. Bueno, el caso es que no estaba. Creo que su madre me dijo algo de los estudios que ya no le dejaban tiempo para echar una mano en el negocio familiar. "Esto… bueno… pues nada… otro día será, eh… de todas formas si la ve… le dice que he venido a verla…" La madre, que no debía de tener ni idea de quién era el manojo de nervios sudoroso que buscaba a su hijita, preguntó sonriente mi nombre. Se lo dije, pagué las patatas fritas o la excusa de turno que hubiera podido comprar y salí avergonzado de la tienda.

Y entonces casi me doy de bruces con mi hermano. Por lo que, después de unos seis años sin hacerlo, no nos quedó más remedio que saludarnos. Tengo que decir que lo encontré muy mejorado respecto a aquella imagen de pastillero huesudo con ojeras que guardaba de él. Más equilibrado, más sereno, más seguro de sí mismo. Me preguntó qué tal me iban las cosas, y que por qué no íbamos a tomar algo para ponernos al día. No se me ocurrió ninguna excusa. Todavía seguía embobado como consecuencia de mi patético encuentro con la madre de Clarita.

Por aquella época, los lunes yo solía comer en casa de mi padre y su mujer, los martes en la de mi abuela paterna y los viernes en la de la materna. Los miércoles y los jueves espaguetis en mi queli. No siempre, pero de vez en cuando me llegaban noticias de mi hermano. Él nunca participaba de aquellas reuniones familiares, pero mi hermana quedaba de vez en cuando con él y mi padre seguía manteniendo esa extraña relación que todavía hoy perdura. Por lo tanto algo sí que sabía de su vida. Sabía que después del batacazo con el restaurante y consiguiente recaída, le habían dado el alta en la casa de reposo. También sabía que ahora mi padre le había enchufado de currito en una mutua de seguros. Y que vivía en un estudio canijo por la glorieta de Bilbao. Lo que sin embargo no supe hasta el encuentro casual en la puerta del súper es que había cambiado. Parecía un tipo normal. Sonreía, articulaba las frases y disponía de un sentido del humor rápido e intuitivo. Hasta se puede decir que disfruté tomando un refresco con él en aquella terraza de Vallehermoso.

Resulta que desde hacía varios meses mi padre y su mujer venían intentando venderme la moto de que tal vez fuera ventajoso para Angel que se viniera a vivir con nosotros. A mi hermana, cómo no, le parecía una propuesta maravillosa. Siempre ha sido muy sentimental ella. Creo que le viene por parte de nuestra familia materna. En ese sentido yo no sé a quién habré salido, pero sabía de sobra lo que me había tocado pasar cuando conviví con él. No se me iban a olvidar tan fácilmente aquellas raciones de marrón casi diarias. No en balde la mayoría de las veces me tocaba a mí ir a buscarlo a la comisaría. Que se lo llevaran ellos a su casa si tanto le querían, no te jode. Claro que, por otro lado, habían transcurrido más de seis años. La gente cambia…

No había más que verme a mí. En un periodo de tiempo similar había pasado de ser un prometedor estudiante de Derecho, vital, amante de la lectura, la música y de los viajes a convertirme en un pálido e insomne pinchadiscos. Ahora compraba mucha más música, sí, pero por obligación, a pesar del asco que pudieran darme aquellos discos de moda. Pasé de amarla por encima de todas las cosas a escucharla a través de los zafios oídos de una clientela borracha. Después de pinchar seis horas diarias lo último que me apetecía era hacer horas extras en casa, así que dediqué mi horas de insomnio a las tertulias de la radio. Así de bajo caí. Y a lo mejor llevaría dos años sin leer una novela y por descontado que no lo echaba de menos. Después del primer año de carrera, en el que aprobé tres de cuatro, el Derecho no significó más que una buena excusa para embolsarme en octubre el dinero que me suministraban para la matrícula o los libros. Luego empecé a currar de jueves a sábado de relaciones para un insignificante bar de copas de Rosales. Más tarde de camarero en Colisión y, tras fracasar con mi primer negocio en el mundo de la hostelería, acabé de pincha en Factores. Por entonces ya era todo un crápula hecho y derecho, de esos que acaban su jornada laboral a las tres o las cuatro de la mañana y, no satisfechos con su ración de humo y conversaciones vacías, se largan con los compañeros del curro o el ligue de turno al after a darle otra vueltecita más a la tuerca.

El noventa y seis fue un año un tanto exagerado, me temo.

Me veo angustiado, desvelado, en busca de una farmacia de guardia. Mi reino por un somnífero... O aprovechando esos irrecuperables días de juventud tirado en la cama, horas y más horas, mando a distancia en mano. Acostándome con alguna desconocida semana sí semana también. El olor a humo y perfume incrustado en la almohada... Una bolsa de patatas fritas y un par de aspirinas para desayunar. Calcetines agujereados. (En cuanto cobre me compro unos nuevos, esta vez no lo dejo pasar). Camisas arrugadas. Diarrea crónica. Bajadas diurnas de tensión; subidones de noche. La dolce vita, que la llaman por ahí. Y lo curioso es que cada lunes, martes y viernes seguía manteniendo la imagen de niño bueno de cara a la familia.

Nótese hasta qué punto era bueno que acabé accediendo a que Angel se viniera a vivir con nosotros. Por un lado se le veía más maduro y todo eso y, por otro, era amigo de Clara. Reconozco lo patético de la cuestión, pero en un momento dado, no se me negará, podía servirme de puente el chaval. Así de interesado puede llegar a ser el amor, para que luego digan.

A diferencia de sus dos hijos varones, desde muy joven nuestro padre supo labrarse una muy respetable situación en la sociedad. Más o menos con la edad que tengo yo ahora, le destinaron cinco años a París como representante de una importante compañía petrolífera española. De vuelta a Madrid acabaría siendo nombrado primero consejero delegado de una clínica para gente rica y seis años más tarde gerente de una poderosa mutua de seguros. Paralelamente Angel ejercería de celador (hasta que la ingente cantidad de medicamentos desaparecidos ya no pudo ser pasada por alto) y luego, como ya he contado, estuvo contratado en los servicios centrales de la mutua. Aguantó más de tres años. Esta vez no le echaron, tuvo que dejarlo tras una depresión más virulenta de lo habitual. En este trabajo conocería a Pilar, con la que ha estado saliendo y cortando estos últimos siete años. Y es una pena que la relación no acabe de cuajar porque nuestra familia la considera sin duda un buen partido. Supongo que cualquier chica con carrera, nómina y educada ha de ser a la fuerza ideal para un tipo como Angel. A veces pasa que, en ciertas familias, el grado de estima hacia la pareja consorte es inversamente proporcional al del pariente directo. El currículum lo es todo hoy en día. Y está visto que ser un consumidor habitual de drogas resta puntos.

Puede que cambie sin embargo. También estaban mal vistos los homosexuales hace pocos años. Y hoy en día es motivo de orgullo y celebraciones. Estamos progresando. Si todo sigue así, puede que dentro de no mucho los drogadictos por fin podamos salir del retrete. De momento, mientras las papelas no lleven código de barra, habrá que seguir abasteciéndose de gente más o menos marginada. ¡Pero ojo que no se sepa! Como aquel tipo del departamento de facturación de la mutua de seguros, envidioso y cizañero como sólo un empleaducho rubito de pelo ralo y rizado, regordete, puede llegar a serlo. Un día se acercó a Angel para insinuarle torpemente pero con ciertos aires de superioridad mezquina si sabía de alguien que pudiera conseguirle "algo". Desde su modesto despacho, mi hermano venía sacándose de vez en cuando un dinerillo extra suministrando papelinas a los compañeros enrollados. Por lo visto el rubito repelente se había enterado. Y tuvo la poca vergüenza de abordarle. Por supuesto Angel le dio largas. Pero el otro volvió al ataque. Una y otra vez. Cada vez más insistente y menos discreto. Tanto es así que el Parisino tuvo que ceder.

—Así que quiere pillar algo.

—Tú pasas, ¿verdad?

—Depende, qué vas a querer.

—¿Puedes conseguirme farlopa?

—¿Cocaína? Creo que sí. ¿Cuánto?

—Medio.

—Medio, no. Te consigo uno, si quieres.

—Mm, vale. ¿Cuánto?

—A seis.

—¿Sólo? ¡Guay…! ¿Tienes cambio de diez mil?

—No, deja, ya tendrás tiempo para pagármelo.

Dos días después Angel se acercó al contable y sin mediar

palabra, introdujo un paquete en uno de los cajones de su mesa.

—¿Qué es esto? —preguntó el tipejo con media sonrisa tonta en los labios.

—Lo que me pediste.

—¿Lo que te pedí?

Angel se acercó para susurrarle al oído:

—El kilo de coca. Es escama, calidad superior...

Todo aclarado, sin embargo el contable se mostró nervioso y sorprendido. Incluso se le escapó una risa tonta de esas. Angel tuvo que llamarle al orden:

—No te cantees. Esto..., qué te iba a decir..., no hace falta que me lo pagues todo de golpe. Mañana me traes un millón. Los otros cinco tienes dos meses para pagarlo, sin agobios, hay confianza. A medida que lo vayas vendiendo, ya sabes.

Y se dio media vuelta para volver a su puesto. Dos minutos después tenía al ricitos, visiblemente agobiado, suplicándole en voz baja pero chillona que por el amor de Dios se llevara "esa cosa".

—¿Qué cosa?

—Ya sabes, joder, tío. Esto es serio, ¿te has vuelto loco?

—La verdad es que no te comprendo. Mira, por ahí viene tu jefe. Creo que te está buscando.

Aquel paquete había llegado directamente de Colombia

en la maleta de una parienta de una ex del Pulga. Sería nada menos que Javito en persona el encargado de ir a recogerlo a Barajas. De este veterano del negocio se podría decir muchas cosas, demasiadas, incluso redactar varias biografías sobre su vida; de modo que, para no liar todo esto demasiado, por ahora tendré que contentarme con enumerar tan sólo alguno de sus rasgos principales. Voz nasal, pelo color paja, cara redonda y achatada; tirando a bajito pero robusto. Esto en cuanto a su físico. De su carácter se puede afirmar que es el de una persona campechana y educada; siempre y cuando no pierda los nervios, entonces se vuelve del todo imprevisible, pudiendo llegar a ser muy violento. Nunca perdona un agravio en los negocios y, aunque no está fichado, ha demostrado muchos más méritos para estarlo que cualquiera de los personajes ya mencionados, y con diferencia. Si nunca le han cazado puede que sea porque, además de ser escurridizo como una anguila, padece de una curtida suspicacia que le impide bajar la guardia; el tío no puede dejar de estar con la antena puesta las veinticuatro horas del día, esté donde éste. Es observador como pocos y si a esto añadimos una memoria visual infalible, casi mejor que no te dé por pasarte de listo con él. Yo no lo haría en todo caso. Date una vuelta con él por la calle y verás.

Mi hermano imita con gracia su voz nasal:

—¿Has visto la cámara del banco…?, fíjate, ¿pues no está apuntando a la cabina de teléfono?, ¿qué raro, no?… ¿No te parece, Parisino?…

No le gustan a Javito ese tipo de coincidencias, no. Como tampoco le hace la menor gracia que se pronuncie su nombre por teléfono, cruzarse con tal desconocido dos veces en un mismo día o, simplemente encontrarse, por muy japoneses que sean, con un par de turistas haciendo fotos. Cualquiera de estas combinaciones lo más seguro es que saque a relucir uno de sus espasmos de cuello característicos o, restregándose la nariz de abajo a arriba con la palma de la mano, su frase más famosa:

—¿Qué raro, no?

Cuenta mi hermano que, en cierta ocasión, tomando el aperitivo a la barra del José Luis con Igor y otro búlgaro más, le llamó la atención que cada cierto tiempo Javito levantara la palma de la mano en un gesto breve e incompresible, algo así como Hitler saludando a las masas pero a cámara rápida. A Angel le pudo la curiosidad:

—¿Qué coño haces, Javito?

—Saludando a los maderos, ¿qué voy a hacer, Parisino?

Y es que detrás de mi hermano, al otro lado del ventanal del restaurante, aparcada en la acera de enfrente, había una furgoneta rotulada con el nombre de una empresa de albañilería. Mi hermano y los búlgaros se medio mofaron de la ocurrencia.

—Qué loco que estás, Javito.

Yo estaré loco, pero esa furgoneta en este barrio… no pega para nada… si sabré yo lo que me digo, Parisino…

Lo que está claro es que hasta la fecha nunca le han atrapado. Y eso que cuando fue a recoger el mencionado paquete al aeropuerto de Barajas a punto estuvo de cagarla. Por supuesto ni se le ocurrió entrar en la terminal de pasajeros.

Tal concentración de extranjeros, maderos, cámaras y detectores de metales es más de lo que su paranoia podía aguantar. Así que esperó prudentemente aparcado en segunda fila, a la vuelta de la esquina y con el motor en marcha. Un colombiano pariente de la mula fue el encargado de ir a recibirla.

Cuando volvieron, Javito salió del coche para saludar efusivamente a la mujer, haciendo el paripé, como si se tratara de su propia hermana y no de una india analfabeta sacada de una aldea en las montañas. Todo parecía haber salido sobre ruedas, pero de vuelta a casa, circulando por la N-II, Javito notó algo raro. El colombiano, que ya le conocía de otras veces, no le hizo mucho caso, sin embargo la otra se puso de los nervios y sacó el paquete de la bolsa de viaje. La pobre mujer pretendía deshacerse de él.

—Dámelo —le ordenó Javito.

Y se lo guardó debajo del asiento, casi al mismo tiempo que daba un volantazo inesperado para tomar el desvío de la M-30. Un par de metros detrás de ellos, un Peugeot 406 hizo lo mismo. Vale, al parecer está vez sí que les estaban siguiendo, debió de pensar el colombiano. Javito aceleró a fondo y tras adelantar a un par de coches por la derecha, abandonó la M-30 por la primera salida. La persecución no duró mucho: unos tres minutos después, en una calle de Tetuán, el Peugeot les cortó el paso y dos tipos de paisano, pistola en mano, salieron del coche. Javito se apeó del suyo, los brazos en alto:

—¿Qué queréis? ¿el buga? —dijo con su voz nasal— Llevároslo, pero a la chica no le hagáis nada, os lo suplico.

Entonces los policías se identificaron. Y Javito se hizo aun más el despistado.

—¿La policía? ¿Por qué no han puesto la sirena, agentes?, nos han dado un susto de muerte. Pensábamos que eran unos atracadores o algo peor... Ya saben las historias que se cuentan por ahí...

—¡Vamos, contra la pared! —gritó el madero.

Al rato de cachearlos llegó la patrulla. Registraron el coche. No encontraron nada. Y ninguno de los tres estaba fichado. El visado de la chica en regla, y el primo tenía tarjeta de residencia. ¿Algo más señor agente?

—¿De qué conoces tú a estos dos?

Javito le dedicó una cálida y satisfecha sonrisa al agente y, tras abrazar con ternura a la india, anunció alegremente:

—¡Estamos comprometidos!

Y añadió tan campante:

—La he conocido por el internet, sabe. El es su primo, mi futuro cuñado por así decirlo.

Lo mejor de todo es que ni siquiera la pareja de colombianos se había pispado en qué momento Javito lanzó el paquete por la ventana. Estarían con la mirada vuelta hacia atrás, rezando para que el Peugeot 406 no les diera alcance. Javito no sólo había permitido que le dieran alcance una vez soltado el lastre, además se había asegurado de tirarlo en el momento idóneo: fuera del campo de visión de los maderos y en un lugar donde pudieran pasar a recogerlo esa misma tarde.

Y ahora, lo que es la vida, estaba escondido en el cajón del contable de una mutua de seguros gestionada por un relativamente joven directivo. Yo he estado en persona en el despacho del mismísimo gerente, así como lo cuento. De mi única visita recuerdo que nuestro viejo disponía de un amplio y solemne despacho con amplias vistas, dos habitaciones, sillones de cuero y la foto enmarcada de su majestad el rey. Todo muy respetable y reluciente. No creo que ninguno de los amigos de mi hermano haya tenido el gusto de conocer al viejo en persona. Porque mi padre no es de los que se enchufan. De lo contrario tal vez habría oído hablar del Nativo, el Pulga o Javito. O sabría cosas como que para deshumedecer la coca no has de dejar la papela más de tres segundos en el microondas. Cuatro segundos y la quemas. O la diferencia entre escama y tiza. Pero no, no tiene ni idea, por eso no llega ni a vislumbrar la insospechada proporción de consumidores que convive entre nosotros. Más de un buen amigo suyo seguro que se pone fino, fijo. Pero ni se lo imagina siquiera. Los cabrones se lo tienen muy calladito, claro que sí, saben cómo disimularlo ellos a su mujer, hijos y empleados. Es lo que tiene la adicción, agudiza el ingenio. Cinco años consumiendo cocaína y eres un perro viejo; cinco más y te has convertido en un cínico sin escrúpulos. Es así. Y los hay a centenares, millares incluso… Están ahí, entre vosotros… Echad un vistazo a vuestro alrededor, pero un vistazo de verdad, sin miedo, sin ñoñerías… No os fijéis sólo en el vecino ése vuestro del que todo mundo habla… Ese no es más que un señuelo para desviar la atención, una cabeza de turco si se quiere. Pensad más bien en vuestro peluquero, o el cantante preferido de vuestra hija. O, por qué no, en ese venerado, enfático y barrigudo político, o aquel presentador de sonrisa campechana, el tertuliano más moderado, el más exaltado, el portero de vuestra finca, aquel guardia jurado sudoroso del Corte Inglés, el taxista del otro día, tan parlanchín él, o la madre que los parió a todos. Todos ellos y muchos más, todos muy decentes y, por supuesto, a favor de la penalización de las drogas, ¡faltaría más!… A ver, ¿cuántas toneladas de coca entran al mes en Madrid? Oficialmente sólo se pesa la interceptada. Pero luego queda el resto, mucho más del triple, diez veces más seguro, colándose a borbotones por las aduanas. Más el porcentaje nada desdeñable de la decomisada de nuevo redistribuida, suponen ríos y afluentes de coca que inundan nuestras calles. Haced cuentas, dividid las toneladas en gramos. ¿A cuanto tocamos por cabeza? Tampoco somos tantos en esta ciudad. Que no extrañe a nadie, pues, que un kilo pudiera acabar en manos de un consumidor ocasional de fin de semana regordete y con ricitos.

Carlitos fue el encargado de ir a recuperar el paquete. Gracias al croquis de Javito, no le costó mucho encontrar el lugar exacto donde había caído. Del tal Carlitos sólo sé que era un conocido del Pulga, un porrero inconsolable y poco más. Nunca le he conocido en persona pero todo apunta a que nos encontramos ante un tipo sin muchas luces y algo imprevisible. Quedó esa misma noche con Javito en una calle discreta, y a la luz de una farola le entregó el paquete envuelto en una bolsa de plástico. Javito se lo guardó entre el pantalón y el final de la espalda, arrancó la moto y se largó. Visto y no visto.

Con esa voz tan especial que tiene él, Javito siempre cuenta que le parecía raro, que algo no le cuadraba, que notaba el paquete caliente. "La coca nunca está caliente, tú lo sabes bien, Parisino". Y, efectivamente, cuando lo desempaquetó en casa se encontró con una tortilla de patatas recién hecha.

—¿Y este tío por qué narices me habrá dado una tortilla? —se preguntó extrañado.

Llamó inmediatamente al responsable directo del tal Carlitos. "Oye, Pulga, que tú amigo me ha dado una tortilla, que qué hago". El Pulga no comprendía, ¿una tortilla? "Sí, una tortilla de patatas, que si me puedo comer un trozo, tengo hambre". El Pulga se pensaba que el otro le estaba hablando en clave. Una tortilla de patata, comer un trozo… ¿Se había vuelto loco el Javito? ¿Acaso quería rascar unos tiros del melón para enchufarse? "¿Cómo que no me entiendes? —insistía el otro con su voz tan peculiar—, si está bien claro, tu amigo me ha dado una tortilla y tengo hambre, ¿que qué hago?…" No hagas nada, le pidió el Pulga, que seguía sin comprender. Ahora mismo iba para allá, pero por favor, insistió otra vez, que no hiciera nada hasta que llegara.

A Coque tampoco le gusta la Clarita. Y eso que no la conoce. Todo lo que sabe, lo sabe por mí. Le hablé de ella por primera vez uno de esos días que la noche se nos hizo un tanto corta y tuvimos que alargarla en mi casa de Galapagar. Estoy hablando de hace no mucho, tal vez cuatro años, de hecho ya salía yo con mi actual mujer y, sin embargo, cosas de la vida, todavía tenía a la cajera metida en la cabeza.

Los hechos transcurrieron de una manera un tanto vertiginosa. Sé que en un momento dado le estaba relatando las perrerías de las que fui objeto y, al rato después, me encontraba intentando por todos los medios convencerle de que no era tan mala chica. A más de ciento ochenta que rodábamos por la carretera de la Coruña, yo de copiloto, asegurándole que, bien pensado, no era para tanto.

—¿Qué no es para tanto? —exclamaba él—. Tú es que eres tonto, no puedes ir por la vida dejándote pisotear de esa manera. Acabarás siendo un infeliz, o pagándolo con algún inocente…

No tenía que haberle dicho nada, pero ya era demasiado tarde. Con Coque suele pasar, échale leña a su locomotora y luego intenta pararla que lo llevas claro. Y lo peor de todo es que no le faltaba razón al chaval. Clarita se había pasado tres pueblos conmigo. Ya pude aparentar ser y comportarme con ella como un pedazo de pan, que la tía no se quedó tranquila hasta que no me hubo exprimido hasta la última gota. Y Coque, a quien ya de por sí no le gustan las injusticias, si ve que son cometidas contra un amigo suyo se descompone:

—Ahora mismo vamos a Madrid y hacemos que te devuelva hasta la última peseta, ¡como que me llamo Coque Martínez!

Eso mismo dijo, o algo muy parecido, poniéndose de pie al tiempo que, tras el enésimo tiro, se sorbía ruidosamente los mocos. La persiana de mi casa, a media altura, estaba rota y no se podía ni subir ni bajar. Por eso llevábamos los dos gafas oscuras en casa: demasiada luminosidad para lo tarde que era… Por mucho que se empeñara el sol, seguía siendo de noche para nosotros. Yo le contesté que no pensaba chuparme otros sesenta kilómetros para volver a Madrid y el contestó que vale, que iba sólo. Así que tuve que subirme al coche. No podía dejarle ir solo, compréndase, pavor me daba pensar en Coque buscando justicia por su cuenta en la ciudad, narcotizado y borracho. Era algo así como un deber moral intentar pararle o, por lo menos, vigilarle. Eso y que no quería quedarme a solas, dando vueltas en la cama… todavía no.

Pero ni encontré las palabras que pudieran hacerle entrar en razón ni, ya que estamos, logré articular palabra alguna. Seguro que el otro se creía que escuchaba con detenimiento, de hecho no paró de gritar el tío por encima de la música a todo volumen. Y es que, maldita sea, fue subirme al coche y dejarme llevar por mis negros pensamientos. Sus palabras no eran más que un eco lejano detrás del zumbido, no más significativo que la música que estaba sonando. El maldito zumbido. Remordimientos que lo llaman. No tenía que haberme liado. La de dinero que me he gastado, total para qué… Qué le digo a mi jefe por no haber ido a trabajar. ¿Y a mi novia…?

Etc, etc…

Y entonces nos paramos. En una gasolinera para más señas. De reojo vi a Coque entrar en la tienda y, acto seguido, volver al coche a paso ligero. Abrió el maletero del Golf y, por el retrovisor, vi como se quitaba la camisa… Me giré para cerciorarme que las pastillas consumidas no me estaban jugando una mala pasada… Estaba descamisado, eso seguro, pero tampoco parecía demasiado grave el asunto. Se limitó a sacar una camiseta de fútbol de un equipo extranjero y se la puso mientras volvía a la tienda de la gasolinera. Entonces volvió a salir, llenó el depósito, se puso la camisa que traía puesta en un principio, cerró el maletero y subió al coche. Arrancó. ¿Qué había pasado dentro de la tienda? Le miré esperando una explicación. No dijo nada al respecto. Y yo no saqué el tema. Más tarde, en otras ocasiones, se me ha pasado por la cabeza preguntarle por aquel hecho de la gasolinera y la camiseta de fútbol, pero al final nunca me he decidido. Más que nada, creo, no acaba de apetecerme oírle hablar de aquella maratoniana jornada. Bastante tengo ya con mis propios recuerdos.

La siguiente parada fue en el ultramarinos de la calle Acuerdo.

—Es una inspección rutinaria, no se alteren por favor.

Eso dijo el tío, sin cortarse un pelo, frunciendo el ceño por encima de sus gafas negras. Acababa de mostrar su carné de la guardia civil a la madre de Clarita. Y ésta requerido de inmediato la atención de su marido, que no tardó ni dos segundos en acercarse.

151

—¿Qué sucede, Juli?

—La policía… —dijo ella, lanzándonos una mirada llena de aprensión.

—Brigada de higiene ambiental —matizó Coque—. Matrícula sanitaria y certificado de salud, hagan el favor.

El tendero dudó un segundo, como si estuviera a punto de hacer una pregunta. Coque se adelantó:

—¿Algún problema, caballero?

—No, ninguno. Esto…, ahora se los traigo.

Mientras el hombre iba a la trastienda a por la documentación, Coque aprovechó para interrogar a la mujer:

—Dígame, ¿a nombre de quién está el negocio?

—De mi marido —dijo ella—, Antonio Carvajal.

—¿Carvajal qué más?

—Sánchez.

—Bien —Coque echó un rápido vistazo a la tienda—. ¿Y usted, señora? ¿Cómo se llama?

Mi amigo seguía con las gafas de sol puestas, yo también. Eramos perfectamente conscientes de que resultaba sospechoso, pero peor sería que vieran nuestras pupilas dilatadas y grises ojeras, eso ya resultaría flagrante.

La mujer contestó obediente, nombre y sendos apellidos, seguidos de un sumiso "señor". Coque chascó la lengua, como si no le acabara de gustar o convencer lo que venía de oír. Tamborileó el mostrador con las uñas de los dedos, pensativo, y al cabo de tres o cuatro largos segundos le pidió una hoja.

—Algo donde apuntar… y un boli. Por favor.

Mi amigo había decidido tomar nota. Para ello sacó la lengua y sujetó con fuerza el bolígrafo mientras acercaba con notoria dificultad la punta al papel. Demasiado complicado. Lo volvió a intentar otra vez, pero acabó resoplando antes de cederme la tarea:

—Encárgate tú, anda.

Necesitaba que apuntara los nombres y apellidos de los padres de Clara. Pero no era evidente encontrar un sitio donde apoyar la hoja: Coque copaba la totalidad del mostrador y no había en todo el local un mísero cacho de muro sin estantería. Para colmo el lugar no sólo estaba repleto de productos apilados, además llevaban un rato transmitiéndome la angustiosa sensación de que iban a derrumbarse con tan sólo mirarlos. Me puse de cuclillas para apoyar la hoja en mi rodilla, pero me incorporé en el acto. En cuanto comprendí que no era una postura digna de un supuesto agente de la ley y el orden. Tengo que decir que por culpa del brusco movimiento se me nubló la mirada y tuve que separar las piernas para no perder el equilibrio. Una vez recuperado, opté por limpiar disimuladamente el lomo de la cartera contra el pantalón y ahí apoyé la hoja.

—¿Qué me has dicho que tenía que apuntar?

Se me había olvidado por completo. A Coque también. Nos lo tuvo que recordar la tendera. De paso nos volvió a decir su nombre y el de su marido. El de este último dos veces, por que cuando hube acabado de escribir el de ella, ya se me había olvidado. Para entonces había vuelto el consorte con las respectivas licencias y pretendía que Coque les echara un vistazo. Lo que no sabía el hombre es que Coque, en el estado que iba, no podía enfocar la vista. Aun así mi amigo, tozudo como pocos, se puso a acercar los papeles y a alejarlos progresivamente de sus gafas de sol. Había que verle, la frente plagada de arrugas en un gesto de profunda concentración… Una de las hojas se le escurrió al suelo, se agachó para recogerla y, el muy inconsciente, casi tira una estantería de patatas fritas. Estábamos dando el cante, no hace falta jurarlo. Los tenderos nos miraban raro, hasta se pusieron a hablar en voz baja entre ellos. Sin embargo a Coque se le veía, dentro de lo que cabe, convencido de sus actos.

—Bien —dijo después de devolver las licencias al tendero—. Esto es todo.

Pero no salió inmediatamente de la tienda, qué va. Aun le quedaba una última verificación por hacer.

—Supongo que tendrán cerveza lo bastante fría, ¿es así?

Había aparcado el coche algo alejado de la tienda, cuestión de que los tenderos no les diera por anotar la matrícula. No fue nada fácil encontrarlo. De hecho, cuando por fin dimos con él, ya nos habíamos pulido la mitad de las cervezas por el camino. Y es que hacía un calor bárbaro aquel día, lo que pudimos sudar… Tras arrugar y tirar al suelo la multa que le habían puesto por aparcar en un paso de cebra, se subió al coche y encendió el móvil. Llamó a un compañero de la academia. Dos minutos después teníamos la dirección de la casa donde vivía Clara Carvajal Márquez.

Así que la tercera parada fue en un chalet adosado de la Moraleja. Su calle tenía nombre de flor y en la urbanización se respiraba próspera tranquilidad. Se oían trinar a los pajaritos y todo. No sé que tendría aquel lugar que le daba ganas a uno de enfundarse un chándal y ponerse a hacer footing… Y, hablando de ganas, me estaba meando desde hacía un buen rato. Ya no aguantaba más. Pero la filipina que entreabrió la puerta se negó en rotundo a quitar la cadena de seguridad. Es más, amenazó con llamar a la policía.

—Pero si está usted hablando con un miembro de las fuerzas del orden, señorita, ¿no ve el carné? ¿No sabe leer?

La criada acabó cerrándonos la puerta en las narices. Y, aunque Coque llamó insistentemente al timbre, ya no volvió a abrirla. Visto lo visto, me dije que había llegado el momento de vaciar la vejiga y, a tal fin, me aposté contra el muro de la casa.

—Qué sepa que su señora es una ladrona —gritaba mi amigo a una de las ventanas abiertas del primer piso del chalet—. Y que las cosas no van a quedar así. Volveré. ¡Sé donde vives, Clarita!

Con tanto grito me estaba costando una barbaridad concentrarme. Además —lo que son las drogas— tenía el pene encogido, como si fuera a meterse para adentro. Para colmo cuando por fin conseguí desbloquear la situación tuvo que aparecer, al final de la calle, un viejo paseando al perro. Y el otro que seguía pegando gritos y llamando al timbre…

—¡Espero por su bien, señorita, que tenga el permiso de residencia en regla, sólo digo eso…! ¡Abra ahora mismo!

A pesar de que el perro pretendía seguir por su camino habitual, el viejo le obligó a dar media vuelta. No debió de gustarle lo que había visto. Dos jóvenes con gafas oscuras llamando, cada uno a su manera, escandalosamente la atención. Cuando por fin acabé mis necesidades le rogué a Coque que nos fuéramos. Ahí no hacíamos nada, Clarita no estaba. Su marido tampoco, estaba claro.

—¿Adónde? —me preguntó extrañado.

—¿A casa? —sugerí.

—Olvídalo. Yo a casa no puedo volver hasta que oscurezca, no me jodas.

Tenía razón, a mí también me daba mal rollo acostarme de día, con todos aquellos ruiditos de los vecinos recordándote que hay gente normal que se comporta como es debido. Ni hablar, había que meterse en algún sitio oscuro, fresquito, lejos de los ruiditos cotidianos y, ya que estábamos, donde se pudiera conseguir cocaína. No nos quedaba nada desde hacía un buen rato y la ansiedad, como suele decirse, acuciaba.

Cuarta y última parada de aquella jornada pues, el Nativo.

—¿Estás seguro que esto es un local? ¿No te habrás confundido de puerta, loco?

La verdad es que, por fuera, el Nativo no parecía lo que en realidad es. Su anodina entrada, acolchada y blindada, no dejaba escapar sonido alguno de dentro. Antaño, recuerdo, había una placa color cobre en lo alto de la puerta con el nombre del local inscrito. Ahora ni siquiera eso; por no tener no tenía ni número el portal. Normal que Coque, desilusionado, pudiera pensar que me había equivocado de sitio. Y que, por otro lado, se pusiera tan contento cuando por fin nos abrieron. Hasta le dio un abrazo al portero. Así como lo cuento, le dio un abrazo al enorme portero del Nativo... ¡sin conocerle de nada! Ver para creer. La refrescante oscuridad del local había insuflado nuevas energías a mi amigo. Para celebrar el acontecimiento, propuso eufórico que teníamos que pillar algo, ¡pero que ya mismo! Cuando digo algo me refiero a cocaína, porque lo que es pastillas todavía nos quedaba un par de ellas. Por cierto que, una vez servidas las copas, nos faltó tiempo para ingerirlas. Brindamos y todo.

—¡Por nosotros!

La camarera me dijo que Gonzalo todavía no había venido. Por un lado, mal porque seguro que el tío me podía haber presentado a algún vendedor. Aunque bien pensado casi mejor que no estuviera: la pastilla empezaba a subirme y, de globo, la Mala Bestia... como que no apetecía. Vamos que se me podía atragantar por así decirlo. Demasiado nervioso, el tío. Ahora lo que necesitaba era tranquilidad, conseguir unos tiros, un par de pelotazos y a casa. De modo que, copa en mano, nos adentramos en el local en busca de algún conocido que nos pusiera en la pista correcta. A decir verdad no es que hubiera mucha gente, un par de tíos desperdigados aquí y allá, otros pocos bailando en la pista alrededor de una con pinta de lumi. Así, a primera vista, nada interesante. De modo que volvimos a la barra, al menos ahí teníamos el aliciente del escote de la camarera, algo es algo.

Qué narices, de momento no podía quejarme de nada; el colocón de la última pirula me tenía bastante entretenido. No así a Coque sin embargo, quien no paraba de espolearme para que siguiéramos buscando.

—Venga, tío, pregúntale a la camarera, la conoces, ¿no?

Seguro que sabe de alguien…

No, a la camarera jamás. Aunque supiera de alguien, no iba a decírmelo. No había la confianza suficiente y, aunque presumible, no sabía a ciencia cierta si la chica se enchufaba o no. Por otra parte Rubén era contrario a que sus empleados en nómina se vieran envueltos en trapicheo alguno. Y la chica sabía de sobra que yo conocía a su jefe.

—Pues algo habrá que hacer —El pobre Coque, cada vez más inquieto, levantaba el cuello para divisar mejor en la centelleante oscuridad del local.

—Venga, relájate —le decía yo—. No hay prisa, ya vendrá alguien… por cierto ¿no te quedaran más pastis?

—¿Y el tío ese de ahí —acababa de ver a un posible camello—, el de las gafas?

La verdad es que el individuo en cuestión me sonaba de algo. Y, bien pensado, era un poco raro que estuviera ahí, apalancado en un sofa en una esquina del local, sin beber nada. Parecía bastante misterioso el tío, inmóvil con todas aquellas luces de los focos reflejándose en los cristales de sus gafas. Me acerqué unos metros para confirmar su indentidad y, en cuanto lo hice, me paré en seco, fingí buscar algo a mi alrededor y, despacio, muy despacio, di media vuelta para volver a donde estaba. Sólo esperaba que no me hubiera visto…

—Quién es —me preguntó algo ansioso Coque.

—Pues la verdad es que no sé —mentí—, no le conozco de nada.

—Pues para mí que el tío pasa —y tras darle un trago a la copa anunció—: Le voy a entrar.

—¡Ni se te ocurra! —le supliqué agarrándole del brazo.

A Coque le sorprendió un poco mi reacción, pero tampoco tanto:

—Menudo colocón tienes, macho —me dijo un poco envidioso el tío, sin buscar otra explicación a mi sobresalto.

Y se fue al encuentro de Víctor. Sí, era Víctor, el de la calle Acuerdo. Reconozco que llevaba cierta cantidad de sicotrópicos en la sangre y que hacía varios años que no lo veía, y sin embargo, en cuanto me acerqué lo suficiente, lo reconocí en el acto. No había dos como él en el mundo. ¡Y menos mal por otro lado!, sostiene mi hermano. Por cierto que cuando le cuento que vimos a Víctor en el Nativo y que Coque le entró, le cuesta creérselo.

—Pues así es —le digo.

—Ya —dice él—, ¿y qué pasó?

Lo que pasó es que Coque se sentó al lado de Víctor y, antes de que pudiera abrir la boca, éste le dijo unas palabras mirando a mi amigo fijamente a la cara. Entonces Coque se levantó y volvió a la barra.

—¿Qué te ha dicho? —le dije.

—Te lo cuento en el coche, vámonos.

De repente se le habían quitado las ganas de pillar, es más, quería irse a casa y eso que allí fuera todavía era de día.

El caso es que Víctor le había visto venir. Sabía muy bien qué es lo que quería Coque. Por eso le dijo de antemano que no era ningún camello de poca monta. También le dijo que sabía que yo era el hermano del Parisino y que aunque Coque tuviera pinta de madero, le importaba tres pares de cojones, y, como no nos fuéramos ahora mismo del local, nos iba a pegar un tiro. Así de claro. Fue a partir de entonces cuando Coque empezó a interesarse seriamente por las historias de los de la calle Acuerdo.

Por haber estado en la división azul, formado un grupúsculo terrorista y una serie de méritos más que ahora no recuerdo, mi tío Marcelino es considerado uno de los iconos históricos de la extrema derecha española. A lo mejor, ahora que caigo, podría haberle echado un cable a los chicos en su contienda con la Fe-jons. Sin embargo nadie pudo impedir que cierto día una pandilla de skins propinara una paliza de campeonato al Cúster. Le rompieron el fémur y el peroné de la pierna izquierda, con una maza. Tal y como lo cuento. Ahí fue donde empezó la decadente degeneración del chico. Nunca asimiló su cojera, no pegaba con su imagen de dandy. Le quitaba encanto. Y por lo visto, despojado de su mejor baza, el Cúster no era gran cosa.

Pero volvamos a mi tío Marcelino, aunque sólo sea para decir que falleció de no sé qué a finales del 94. Tras dos años o así de trámites y discusiones familiares, mis hermanos y yo acabamos heredando la parte correspondiente a mi difunta madre. Resultó que el hermano díscolo de mi abuelo, a parte de morir soltero y ex-convicto, había sido toda una ardillita en vida que poseía tres pisos en el centro Madrid. Tocamos mis hermanos y yo a una caja de monedas con la efigie de Franco, unos muebles viejos y a más de seis kilos por cabeza. Todo un fortunón de la hostia me pareció por aquel entonces, cuestiones políticas aparte.

A punto estuve de invertir mi parte en una casa. Incluso estuve mirando algunas, como si realmente me interesara pulirme todo el dinero en un techo pudiendo disfrutarlo a lo grande. Al final se los di al asesor financiero de Claudio para que me los colocara en valores seguros. Mi hermana utilizó su parte para montar una agencia de azafatas que todavía hoy en día funciona viento en popa. Angel adelantó la entrada para un apartamento en la calle Espíritu Santo que malvendió un año después. Pero, mientras tanto, el cabrón siguió viviendo con nosotros en la que fue la casa de nuestros padres, un piso amplio situado en una de las mejores zonas de Madrid. Lo que no me entraba muy bien en la cabeza es por qué narices, si se había comprado un apartamento, no se largaba de nuestra casa. ¡Con lo a gusto que había estado compartiendo a solas el piso con mi hermana! La habitación de ella y la mía se encontraban cada una en una punta. No solía enterarse por tanto si traía algún ligue a las cinco de la mañana, o si Oscar venía a confeccionar papelinas a mi habitación los viernes por la tarde, (tanto por poner un par de ejemplos típicos de aquella época). Además, cosa importante, delante de ella no me importaba demasiado ofrecer una imagen un tanto decadente. La excepción confirma la regla y Sonia siempre ha sido una chica más o menos responsable y equilibrada; mi degeneración no iba a sugestionarla pues negativamente. En pocas palabras no tenía que preocuparme más de la cuenta por ella. La relación con mi hermano, en cambio… Desde siempre había ejercido con él — y con María— de hermano serio, recto y autoritario. Demasiado años chivándome, echándole la bronca o zurrándole para que de repente me encontrara en gallumbos en la cocina, pongamos que soplándome un tetabrick de vino, a morro, para poder conciliar de una maldita vez el sueño.

Asi todo, mira tú por donde, dos semanas después de instalarse con nosotros ya estábamos drogándonos mano a mano. Como si nos conociéramos de toda la vida. No sé cómo empezaría la cosa. Supongo que fue él quien me entró por así decirlo. Yo nunca hubiera sido capaz de dar el primer paso. Como nunca he sido capaz de rechazar un tiro estando borracho. Que me dejo llevar, vamos.

—Así que te mola la Clarita.

Estábamos en el salón de casa, serían las seis o siete de la mañana. Mi hermana habría ido a pasar el fin de semana a la sierra con su novio. Después de coincidir en el Jazzy, Angel y yo decidimos continuar el pedo lejos del mundanal ruido. En casa la música no te obliga a pegar gritos, y pones los tiros cuando te viene en gana, sin prisas, escuchando a los Chichos y sin chuparte la cola del baño. En eso tenemos gustos muy parecidos. Después de todo somos hermanos. Y como tales, estuvimos hablando de nuestras cosas, un poco de esto y de aquello, más que nada para que el chico se pusiera al día de lo que el primogénito había estado haciendo (o dejando de hacer) estos últimos años. A pesar de ser mayor, no domino tanto los efectos expansivos de la cocaína y, por supuesto, no paré de hablar ni un solo momento. Mi hermanito, en cambio, llevaba la voz cantante a la hora de delincar las rayas y decidir cuándo había llegado el turno de enfilarse otra. Y es que la experiencia es un grado.

Un poco por bocazas, un poco por interés, le pregunté más de una vez sobre su amiguita la cajera. Al Parisino no hace falta decirle las cosas dos veces. Incluso hoy en día, siete años después, el cabrón me recuerda historias que le conté en alguna de aquellas fraternales sesiones.

—Así que te mola la Clarita —me dijo entonces.

—¿A qué viene eso? —le pregunté, haciéndome el loco—. Si apenas la conozco siquiera.

Ya, seguro. Angel sonrió. No había colado. Así que acabé admitiendo que llevaba varios meses pensando noche y día en ella. Después de todo necesitaba ayuda. Ya puede sonar típica y ñoña la expresión y todo lo que se quiera, pero me estaba consumiendo por dentro. Loco de desesperación, creía verla por todas partes, por la calle, entre la chusma del Factores, en el metro... Por supuesto que en sueños también. Un caso clínico. Y cada vez que eso sucedía el corazón me daba ése vuelco sísmico que padecemos todos los mamíferos en celo. Mi hermano me lo dejó muy claro:

—No tienes nada que Clarita pueda querer.

Pues que sepas que me he enrollado con ella, le dije. Y no me la follé de puro milagro. Así como lo oyes.

Angel volvió a sonreír. Esta vez con una pizca de desprecio. Si es por eso, él también se había enrollado con ella. ¿Y qué? Ya, pero yo le gustaba, solté a la desesperada.

—Estaría pedo, ¿a que sí?

No respondí.

—Es una viciosa, eso es todo. No le des más vueltas. Por unos tiros es capaz de lo que sea. Pero no por eso se va a rebajar a salir contigo. Búscate una buena chica que te quiera, hazme caso.

Ahora el delincuente de mi hermano me iba a dar consejos. Y lo peor de todo es que no le faltaba razón. No tenía nada que hacer con ella. En el fondo lo sabía, no soy tan gilipollas, sabía que pasaría de mí como de la mierda. ¿Y qué? El razonamiento sobra cuando uno está enganchado. Necesitaba otra dosis de Clara y no había más que hablar. Además, joder, en un momento dado... ¿quién sabe...? No hay nada seguro en esta vida.

—Si tanto quieres verla, pásate un sábado por el Sundown. A partir de las tres o así. Seguro que te la encuentras intentando pescar a algún ricachón.

En el Sundown. El sábado. A las tres de la mañana. Me entraron ganas de hacer caca. Después me fui directo a la cama, a dar vueltas. El sábado, a las tres de la mañana, vale. Seis días, como quien dice.

No sé ni para qué sigo tecleando. Esto nunca podrá ver la luz, dicen. Gonzalo, en nombre del Nativo, lo ha dejado claro. Que ni se me ocurra. Javito asegura que, si se publica, el libro nos buscará a todos la ruina. Pandilla de paranoicos. Ya les he dicho que los nombres serán cambiados. Incluso las calles si hace falta. ¿Qué más quieren? Después de todo lo hago por mi hermano. La idea fue suya. Tan tranquilo que estaba yo con mis cosas, sin molestar a nadie. Ni siquiera sé escribir, dije. Pero él insistió. Y me dejé llevar y ahora no puedo parar. Es demasiado tarde. Me gustaría acabar algo por una vez en mi vida. A ver si de verdad llena tanto como dicen...

Angel tiene sus dudas. Hace tiempo que ya no le imprimo las hojas para que les eche un vistazo. De hecho nunca debería haberle dejado que viera nada. Y además ¿quién ha dicho que se vaya a publicar nada? ¿A qué tanto revuelo? Supongo que simplemente ha corrido la voz. A nadie le gusta que le tomen por cocainómano. Mi hermano ha llegado a perder clientes. Un director de cine del tres al cuarto incluso osó amenazarle, el muy vil, de manera indirecta y cobarde, con contar cosas, él también, si salía siquiera mencionado. Pandilla de enzarpados... En el Nativo algún famosete le hace el vacío. Tiene gracia, aun no sé si seré capaz de acabar esta historia y ya hay gente que se siente amenazada por ella. Me siento halagado en cierto modo, importante vaya...

Anda y que os den morcilla. Ya puestos, prefiero mil veces más hablar de tipos como Javito: gente honesta y humilde, real, con callos en las manos. Para los famosetes de ahí arriba es un delincuente peligroso y seguro que a más de uno se le encoge el esfínter sólo con oír mencionar su nombre. Y sin embargo el chaval no tiene maldad, en serio. Sería incapaz, por ejemplo, de traicionar a nadie. Ya, pero es vengativo y no perdona una, dicen. Pues sí, es verdad; suele pasar con la gente demasiado íntegra y aquejada de cierto grado de sensibilidad, qué le vamos a hacer. No se la juegues, es tan simple como eso. El Carlitos aquél le había entregado una tortilla recién hecha en vez de un kilo de cocaína. ¿Se la había jugado? Bueno, a pesar de su exagerada desconfianza, Javito no es malpensado. En conjunto cabría decir que encontró la tortilla sabrosa, a pesar de que la patata estuviera tal vez un pelín cruda.

—Pero de haber tenido pan —le confesó al Pulga—, me hubiera hecho un bocata, ¡uno de media barra incluso!

El kilo les había costado ochocientas mil en Colombia. La que hizo de mula se había llevado doscientas por traerlo, sin olvidar el billete de avión y la comisión del primo. No estábamos hablando de una fortuna, de acuerdo, pero el Pulga y Javito ya habían adelantado el dinero. Lo peor si acaso es, como casi siempre, el qué dirán.

Todavía queda un cacho, ¿te la caliento en el microondas?

—No, gracias, Javito. Ya he cenado.

—Bueno, ¿y qué te ha contado tu colega? ¿Por qué me ha dado una tortilla?

Aun no había podido hablar con él. El capullo no llevaba

móvil y su madre no sabía dónde podía estar.

—¿Es un poco raro, no crees? —opinaba Javito—. Confundir una tortilla de patata con un kilo de coca...

Y le dio por menear la cabeza y restregarse la palma de la mano por la nariz en aquel gesto tan suyo.

—Ten en cuenta —le explicó el Pulga— que es un porrero de mierda... se pasa el día empanado. Te puedes esperar cualquier cosa de un porrero.

—Entiendo. Oye, igual se mosquea porque me he comido su tortilla.

—No, no creo.

—Igual sí.

—Igual sí, pero no creo.

—¿Por qué no crees?

—Porque le conozco y, además, ¡qué coño se va a mosquear! ¡Que hubiera tenido más cuidado, no te jode!

—Bueno, Pulga, ¡a ver si tú nunca has cometido un error! Por cierto, ¿qué le vamos a decir a quien tú ya sabes si tu amigo no da señales de vida de aquí a mañana?

—Imposible. No va tardar tanto en pisparse de la ida de olla, ni de coña. Ya me está llamando de un momento a otro, vas a ver.

—A lo mejor no. A lo mejor había comprado la tortilla para su abuela y ahora una viejecita tiene un kilo de coca en la nevera. O a lo mejor ya no le apetecía la tortilla y la ha tirado en la primera papelera que ha visto.

—Sí, hombre...

—Tú mismo has dicho que te puedes esperar cualquier

cosa de un porrero…

—Lo mato —sentenció el Pulga.

—No te chines ahora, Santiago. Es colega tuyo, ¿no? ¡Pues ya está! ¿No será capaz de hacerte el lío, digo yo?

—No, claro.

—¿Sabes que te digo? Que yo casi que estoy por bajar a comprar pan al seven.

La historia de la tortilla ocurrió en el noventa y ocho. Angel curraba en servicios centrales de una mutua de seguros, la agencia de mi hermana empezaba a prosperar y, lo que es yo, digamos que me encontraba inmerso en pleno proceso de desintoxicación nocturna, sin un duro e insomne perdido. Javito llevaba unos meses haciendo negocios con el Pulga. Hay que saber que aunque fuera del barrio, Javito no puede ser considerado parte de la banda de la calle Acuerdo. Llevaba otro ritmo. Víctor y compañía eran demasiado inestables; tenían sus rachas, sus crisis, sus momentos… De repente se embolsaban un porrón de kilos en el negocio del siglo, como se los pulían en un viaje por todo lo alto a los carnavales de Río. Javito, en cambio, a sus treinta tres años sigue viviendo con su madre y sus hermanos (uno de ellos yonqui) en la misma casa donde nació. Claro está que ha tenido más de un tropiezo en los negocios, y que le ha tocado ver cosas muy desagradables; después de todo, no lo olvidemos, lleva la mitad de su vida traficando con cocaína. Además, para quien no lo sepa, hoy por hoy administra el solito la oficina madrileña de un cartel colombiano. Y esa gente es muy diferente, ya lo dice Javito, son indios, salvajes… Conviene andarse al loro, tener un buen colchón por lo que pueda pasar y, claro está, en la medida de lo posible no rodearse de tipos volubles, precarios o desequilibrados. Esto en cuanto a la teoría. En la práctica, como ser humano que es, acabó juntándose con el Pulga. Natural por otro lado.

A su favor hay que decir que le unía una gran amistad con el hermano mayor del Pulga, Javier. Dice Angel que fue la persona que introdujo a Javito en los negocios. Fue, por así decirlo, el mentor que lo sacó del kiosco de frutos secos y le proporcionó todos aquellos consejos sobre los peligros del mundo de las drogas que, lo que son las cosas, el mentor no acabaría de seguir del todo. Los Javieres, así se les conocía en el barrio. Formaban una pareja singular. Uno bajito, rubio y algo rechoncho, y el otro delgaducho con greñas de heavy y pantalones de pitillo. Eran el punto de referencia en el barrio para aquellos chavalines con ganas de drogarse. Se les quería y respetaba por su fama de pasar papelas regordetas o fiarte el tema un par de semanitas más. Una pena que, como se suele decir, la mala fortuna golpeara de lleno a Javier el heavy.

Una tarde se despertó con un pie de menos y una mano esposada a la cama de un hospital. Javito no se lo pensó ni medio segundo a la hora de prestar la cantidad de dinero necesaria para que la familia de su socio pudiera pagar la minuta de la sanguijuela que le conseguiría el tercer grado. Quien lo conoce sabe que es un tipo generoso Javito, incluso un poco sentimental.

Uno de los consejos que le gustaba de impartir al heavy era que no convenía llevar la mochila a la espalda si transportabas movida. En ciertas situaciones deshacerse de una mochila colgada a la espalda puede resultar muy complicado. Y, mira tú por dónde, el chaval dispuso de la ocasión ideal para comprobarlo. Yendo colocado y borracho perdido tuvo la mala pata de toparse en su camino con un control de alcoholemia. Según la sentencia, aparte de la elevada tasa de alcohol, también llevaba veintitrés papelas encima, más concretamente en un bolsillo de la mochila. Por supuesto aceleró para saltarse el control y, cosa inaudita, a un par de maderos les dio por marcarse la bravata de perseguirle, sirenas y todo incluidas. Consciente de que con los cincuenta centímetros cúbicos de su scooter no iba a llegar muy lejos, optó por deshacerse de la mochila. Fue entonces cuando perdió el control de la moto, la rueda delantera dio contra el bordillo y salió despedido por encima del manillar. Su pie izquierdo quedó seccionado de cuajo por un quitamiedos de la M-30.

—Cuando las cosas se tuercen —suele comentar Javito a propósito del accidente— se tuercen de verdad.

Por el motivo que fuera Javier salió de la cárcel muy afectado. Javito, que seguía con sus movidas, no pudo prestarle el apoyo que tal vez necesitaba en aquellos momentos. El riesgo de frecuentar una persona recién salida del talego, acusada de tráfico de drogas, era demasiado evidente. Tampoco podía dejar de trapichear ahora; el abogado y la fianza habían supuesto un desembolso importante y, además, se había propuesto costear la prótesis a su amigo. Este último gasto, sin embargo, se lo pudo ahorrar. Unos días después de salir del hospital penitenciario encontraron a Javier en la Casa de Campo, apoyado en un árbol y desangrado. Se había cortado las venas.

—Quién lo hubiera dicho de él… Mira que era inteligente el chaval y buen tipo de verdad… Un ángel… ¿Tú crees, Parisino, que hoy por hoy hubiera seguido siendo igual de no haberse matado? ¿Que se hubiera mantenido igual a pesar de toda esta mierda?

Típica reflexión de Javito. Ya de muy joven había aprendido a encajar las desgracias con la sencilla resignación de una vieja criada en la guerra. Tantas movidas no pasan en balde.

—No te puedes fiar de la vida, Parisino —le confesó no hace mucho—, y es una pena.

Además del físico, eran tantas y tan marcadas las diferencias de carácter entre el Pulga y su hermano mayor, que resulta casi increíble que los dos acabaran dedicándose al mismo negocio. En algo se tenían que parecer sin embargo, sotiene Javito. Eso sí: en la manera de trabajar los dos hermanos eran diametralmente opuestos. Básicamente de Javier te podías fiar.

—Oye, Santiago —le dijo Javito como si tal cosa—. ¿No me habréis hecho el lío tú y tu amigo?

El Pulga se quedó cortado, aunque reaccionó a tiempo:

—Seguro —respondió medio desafiante—. ¿No me lo estarás haciendo tú a mí? Después de todo tú fuiste a buscarlo. Yo todavía ni he visto el paquete.

—No te chines, hombre, es que me parece raro que no quieras tortilla.

—¡Y dale con la puta tortilla…! —gritó el Pulga— Olvídate de la puta tortilla ya, joder.

—Vale, me olvido de la tortilla. ¿Qué pasa entonces con el kilo de coca? Casi me trincan por el puto kilo, lo sabes. Además… ¿quién es esa colombiana? ¿Y su primo? ¿Porqué me lo he tenido que llevar al aeropuerto? No me gusta, tiene cara de cenizo, y se pasa el día rascándose, como un mono. ¿Y el otro, que va y confunde una tortilla de patata con un kilo de cocaína? Menudo plan que has montado, Pulga. Y encima ahora vas y te me pones a dar voces.

El Pulga bajó la mirada.

—Vale…

—¿Cómo que vale…? Me has gritado, hostias.

—Vale…, sí… perdona entonces. Me he puesto un poco nervioso.

—¿Nervioso, tú? No me jodas… ¿Qué coño te está pasando? ¿Por qué estás nervioso?

—Pues no sé… A lo mejor estoy cansado, no he dormido bien…

—¿Ahora tampoco duermes bien? ¿Primero no quieres comer y ahora me dices que no duermes bien…? ¿No estarás dándole al coso otra vez? Habíamos quedado que eso ya se había acabado si íbamos a hacer negocios juntos.

—Si no me pongo casi nunca…

—Ya. ¿Y tu novia? Esa se pone tibia, ¿eh? ¿A que sí? Menuda es.

—No, tampoco tanto…

—No poco. Si se la ve en la cara, siempre sonriendo como si la estuviesen tirando de la coleta… ¿Pero, hijo, de dónde la has sacado?

173

Hacía años que nadie le echaba en cara nada al Pulga. Y menos aun que osaran atacar abiertamente a alguna de sus novias. Pero, claro, se trataba de Javito.

—Ya lo decía tu hermano, vas a perder la chaveta por culpa de una de esas, ¡y, si no, tiempo al tiempo!

—Pero qué estás diciendo…

—¿Cómo que qué estoy diciendo…? No duermes, no tienes apetito, ¡me lo acabas de decir!

—Victoria no tiene nada que ver con todo esto.

Pero según Javito algo sí que tenía que ver. No sabía el qué, pero algo andaba enredando, la muy golfa, seguro. Y cuando se encontró a mi hermano por el barrio se lo dijo.

—Esa tía es un poco rara, eh, Parisino. ¿No te parece? Te crees tú que siempre quiere ir a comer a tailandeses, a japoneses, a sitios raros… y luego no le gusta nada de lo que pide. Y luego a saber las porquerías qué comería en su país, no te digo… Tú eres amigo del Pulga, dile algo, por su bien, hombre… Está perdiendo el norte…

Y entonces acabó contándole la historia de la tortilla de patata. Y a su vez mi hermano la volvió a contar, entre risas y alguna exageración que otra, en el Nativo. Resultó que Oscar, el socio de Rubén, conocía al porrero ése.

—Nos ha jodido, ¡el Carlitos! Va mucho por el Indiano. ¿Y dices que le dio una tortilla en vez de un melón al loco de Javito? Ahí se ha pasado tres pueblos, claro que conociéndole… a saber el cebollón que llevaría…

—El tema —explicó mi hermano— es que el Pulga lo metió en la movida. Un poco es responsabilidad suya, ya sabes… Para colmo, ahora a Javito le ha dado por pensar que la novia del Pulga está pringada y cuando el tío se mete algo en la cabeza…

—Pues no me extraña —señaló Oscar—, ¿qué puedes esperar de una que has conocido en un puticlub?

Nadie sabe a ciencia cierta quién le dijo al Pulga que Oscar había tachado de puta a su Victoria. Lo que es casi seguro es que el Pulga no debía saber que Oscar llevaba más de un año frecuentando un gimnasio. Acabó llevándose una respetable paliza cuando fue a pedirle cuentas al Nativo. O eso se ha dicho siempre por lo menos.

También hay alguno que sostiene que ahí empezó el declive del Pulga. Hay que ver en cualquier caso cómo le gusta a la gente esto de las efemérides.

Para empezar este capítulo había pensado en un viaje en autobús, de noche, entrando en Madrid, con todos esos edificios oscuros, cada uno anunciando su particular, luminosa y malvada corporación en lo alto… Fue antes de ayer. Volvía de currar, medio dormido a pesar de esa música satánica que tanto me distrae… Me preguntaba cómo coño iba a seguir la historia. Adónde iba ir a parar todo esto… Y eso que por lo general, cuando estoy por ahí no pienso en lo que voy a teclear, no me gusta… me da pereza incluso. Pero esta vez debía de andar inspirado o algo así y me dije: imagínate que estás volviendo a Madrid a pedirle cuentas a la Clarita, como hace un par de años… Sería más o menos por estas fechas… Haz memoria, ¿qué sentías? ¿te seguía gustando? ¿O acaso, infeliz, te creías que ibas a recuperar tu dinero?

Años atrás le había prestado un millón y medio para que se comprara un cochecito. No me acuerdo qué modelo me dijo…, uno pequeño en todo caso. Nada del otro mundo, pero muy cuco al parecer, y por supuesto a estrenar…

—¡A quién se le ocurre! —recuerdo que exclamó mi hermano cuando se lo conté— ¡Prestarle dinero a esa comebolsas! ¿Te habrá firmado algo al menos?

Qué va.

—Menudo gilipollas —afirmó convencido—. A veces me pregunto cómo podemos llevar el mismo apellido.

El caso es que la llamé por lo menos un par de veces. Así que algo de mi parte sí que puse para recobrar el dinero.

—Hola, Clara.

—¿Quién eres?

—Soy yo.

—Ah.

—Esto… ¿Quedamos?

—Imposible.

—¿No puedes?

—No.

—Bueno, pues nada, llámame si eso, ¿vale?

—Vale.

Pues eso. Además, tras el desembolso, apenas me sobrarían un par de kilos de la herencia del tío falangista. Entre copas y tiros, un millón desaparece tan rápido que apenas te das cuenta. No eres consciente, eso es todo. Luego vienen las resacas, la mala conciencia y el insomnio y ya sí que no hay manera de administrarse como es debido. No está uno como para hacer números. Y en el Sundown las copas costaban una fortuna y si para colmo vas de ricachón y te dedicas a pedir botellas enteras para conquistar a una comebolsas de gélido corazón, ya ni te cuento. Eso sí, al cabo de dos o tres semanas de colérica inversión debí impresionar a Clara. Tanto es así que accedió a que le prestara un millón y medio. Ni siquiera tuve que insistir mucho, tal vez se lo propondría dos, tres veces como mucho antes de conseguir un compromiso formal por su parte.

—Te lo iré devolviendo poco a poco —me dijo—, ¿no te importa?

Todo lo contrario. Cuanto más poco a poco me lo devolviera más la vería. Y más oportunidades tendría de estrechar nuestro vínculo.

Fue dejarle el dinero y anunciarme que se casaba. Más tarde me enteré de que el afortunado era ni más ni menos que el asesor financiero de Claudio. No me invitaron a su boda. Ni siquiera me dijo que no estaba invitado. Lo daría por hecho la chica.

En comparación con lo que gasté en intentar olvidarla, el dinero que pulí en seducirla resultó una minucia. Ahí tengo que reconocer que mi hermano me echó un cable. Pero a pesar de que me consiguiera la coca a un precio muy ventajoso, apenas transcurrieron dos meses y de los seis millones del tío Marcelino no me quedaba nada. Bueno, sí, tal vez podría decir que un vago recuerdo entre melancólico y envidioso, un poco molesto a decir verdad. Y es que en parte también me jodía que mis hermanos hubieran sabido invertir la pasta tan sabiamente.

Me dije que tenía que olvidarla, que si me lo proponía lo conseguiría. Cuando quiero soy lo bastante cabezón. ¿No conseguí acaso dejar la noche? O más o menos. Y es que lo de la noche y el día es la historia de nunca acabar. Un poco como lo del bien y el mal o la vida y la muerte, pero a una escala menor, mas televisiva si se quiere. Pero, en fin, me había quedado en el autobús, volviendo de Galapagar... Resuelto a que Clara o en su defecto su marido me devolviera mi dinero.

Sí, me había ido a vivir a la sierra un año atrás o así. Más que nada porque mi sueldo de operador telefónico no me permitía demasiados lujos y los alquileres son más bajos que en Madrid. Bueno, y también influyó el hecho de que a sesenta kilómetros de la capital es más fácil renunciar al vicio nocturno. Para entendernos, es más complicado que te llamen al telefonillo un viernes por la tarde.

No sé en qué grado influiría el aire tonificante de la montañas, mi alejamiento de la noche madrileña o que simplemente me encontraba a punto de abandonar para siempre la veintena; el caso es que después de unos meses de retiro serrano me dio por pensar que había llegado el momento de casarme. Ya llevaba un año y medio con la misma novia. Y además era una de las buenas, ojo. Prudente, calculadora y con cierta solvencia económica y emotiva que, no lo voy a negar, en aquellos momentos me venía de perlas. Además, aunque temporal y de horario rotativo, un servidor disponía de un empleo decente o por lo menos más decoroso que pinchar en un humeante bar de copas. Sólo me faltaba un empujoncito económico para poder aspirar a una boda acorde con el linaje de Marta.

Llevaba demasiado tiempo sin hablar con mi padre como para soltarle de repente que, después de tantos años, cotizaba a la seguridad social, vivía al pie de las montañas y, por si no fuera bastante, me iba a casar. Demasiada información de golpe. No habría sabido por donde empezar. ¿Qué tal, papá, te acuerdas de mí? Pues resulta que me he echado novia, una de verdad… Mm, casi que no. Suena raro, sospechoso. En un momento dado afrontamos nuestra gilipollez y vamos a Madrid a que Clara te devuelva aquel millón y medio que le prestaste. Sobrio y, sin la ayuda de Coque, tal vez podría conseguir algo. Después de todo, por lo visto, dinero no les faltaba a la parejita.

Decidí llamar a Claudio para que ejerciera de intermediario. Lo malo es que el chaval había vuelto a cambiar de móvil y en su lugar tuve que llamar a Paco Pacorro para ver si por casualidad tenía el nuevo. Ya puestos le conté la movida.

—¡Que la muy zorra ésa te ha tangado kilo y medio!

Todo el mundo solía reaccionar más o menos de la misma manera al oír la historia. La gente no sabe lo duro que es ser un calzonazos. Al igual que Coque, Paco Pacorro no se limitó a sermonearme. Aportó soluciones.

—Ahora mismo llamo a Naún y al Lagartija y vamos a su queli. Sé donde vive.

—¿Ah sí? —dije yo, extrañado de que Paco Pacorro supiera donde vivía la feliz pareja.

—Alguna vez me ha tocado llevarles unas papelas a casa, ya sabes...

—¿Ahora le llevan a la tía directamente el tema a casa? A eso llamo yo progresar socialmente, vaya que sí...

—Se va a enterar la guarra ésa, ¿quieres que le cobre también los intereses, tronco?

Otro que pretendía arreglarme la vida... Aunque a primera vista tanta determinación pueda parecer entrañable, hay que saber que, a pesar de su buen corazón, Paco Pacorro es un bocazas. Sabía de sobra que no iba a hacer nada. Con lo que no conté sin embargo es que acabara yéndose de la lengua. Y, como no es exagerado ni nada el tío, contaría por ahí cualquier cosa menos la realidad. Pero, mira, al final conseguí hablar con Claudio. Me llamó todo preocupado al día siguiente.

—¿Qué es eso de que has contratado a unos matones para darle una paliza a Fede?

El tal Fede no es otro que el asesor de Claudio. Además del marido de la cobra y otras cosas más que podría contar de él... pero que no me dejan.

—¿Quién te ha dicho...?

—Se lo ha comentado el Cuajo a Floren...

—Entonces tiene que ser verdad —dije, así, en plan sarcástico—. ¿Y, ya que estamos, qué más se cuenta de mí?

—¿Qué quieres que se cuente?

—No sé, ya puestos, que estoy metido en una secta satánica, qué te digo yo...

—Pues mira, ahora que lo dices, el otro día oí comentar que estabas internado en una clínica de desintoxicación.

—Ah, ¿qué pasa, no lo sabías? Pues que sepas que me sale por un ojo de la cara..., pero ya estoy mucho mejor, gracias a Dios. Si sigo así, dentro de poco creo que hasta podré prescindir de la metadona, mira lo que te digo..., mi terapeuta apuesta por mí.

—¿Estás de coña..., o qué?

¿Que si estoy de coña...? ¡Qué valor! Yo peleando por labrarme un futuro decente, a punto de casarme como quien dice y ahora esa pandilla de viciosos se ponía a echar por tierra lo poco que me quedaba de reputación. Un mafioso ajustacuentas y, por si fuera poco, drogodependiente. Eso se decía de mí en la ciudad.

—¡Pues claro que estoy de coña!... Joder, Claudio...

—Yo qué sé tío, hace un huevo que no te veo. Es más:

¿por qué no quedamos para tomar algo? En plan tranquilo, sin liarnos… Mira, Pedro está pinchando en el Sumum, ¿lo sabías?

—No, yo ya no salgo —corté tajantemente—. Si quieres podemos quedar para comer. O vente a verme a Galapagar, mejor…

—Si yo tampoco salgo casi ya, qué te crees… pero podías pasarte por el Sumum, joder. Una cerveza y a queli, eh.

Conocía de sobra las "una cerveza y a queli, eh". Cuando te querías dar cuenta te encontrabas en la casa de un amigo de un amigo, en el quinto pino, a la una de la tarde, hablando a toda hostia, y con alitas de pollo congeladas envueltas en papel de plata en las copas porque se acabó el hielo, y porque la basca está tan piedra que no hay quien se atreva a bajar al Seven…

—Mira —le dije volviendo al tema que de verdad me interesaba—, tengo que hablar con Clara, es vital.

Le conté lo mucho que me hacía falta el dinero que le había prestado. Evidentemente no le dije que me iba a casar: me daba un poco de corte y, además, prefería que Marta fuera la primera en enterarse.

—Si andas mal de dinero, te puedo dejar algo.

—No gracias, no es eso…

—Bueno, vamos a hacer una cosa, vente al Sumum esta noche…

—Y dale. ¿No te he dicho que no quiero salir, joder…?

—Si lo digo porque puedo llamar a Federico, le digo que se pase con su mujercita y así puedes sacar el tema de una manera más suave, ¿te parece?

—Eh... esto... Vale.

Y después de colgar se me revolvió el estómago y me entraron un par de arcadas. Me pasa siempre que tomo conciencia de que voy a quedar con esta gente. Es mi cuerpo que pide clemencia por adelantado, creo.

No tengo coche, nunca lo he tenido y, por no saber, no sé ni cómo se arranca. Puestos a elegir, ya lo he dicho, soy de los que prefieren dejarse llevar discretamente por la vida. Así que, entre una cosa y la otra, al final, como decía, me tocó sacar un billete de autobús para ir a la capital. Al encuentro de Clara.

Efectivamente aquella noche pinchaba el Pedrula en persona. También estaban Javi Cinco, el Cuajo, Floren y hasta, mira tú por dónde, Paco Pacorro. Fue este último el que insistió para que le acompañara a los servicios. Apenas media hora en el local y ya me tenéis enchufándome el primer tiro de la noche sobre un sucio retrete. Acto seguido, cómo no, se presentó la mala conciencia. Nunca falla. Traté de engañarme, me dije que lo había hecho para contrarrestar la incipiente borrachera propiciada por las tres cervezas silvestremente sopladas en la primera media hora. Quería estar presentable para cuando llegara la feliz pareja, eso es todo, necesitaba un tonificante por así decirlo. Sólo que luego vino el Pedrula y, haciendo honor a su mote, acabó de joder todo mi planteamiento al introducir a traición una pasti en mi boca. El muy inoportuno. Es verdad que la podía haber escupido. También es verdad que la emboscada del Pedrula coincidió con todo el subidón de cocaína: el tiro de Paco se las traía en cuanto a cantidad y calidad y, para colmo, por culpa de mi retiro serrano llevaba varios meses sin catarla, desde lo de Coque para ser exactos. Raro es que no me hubiera ido patas abajo. ¿Y si me voy a casa? Todavía estaba a tiempo, sabía cómo iba acabar la cosa, es más, desde que colgué el teléfono tras hablar con Claudio lo sabía. Vale, pero antes una cerveza. Bueno, mejor una copa para bajar el subidón y poder dormir mejor. La copa me sentó de maravilla, lo reconozco. Tanto es así que me vi perfectamente capacitado para meterme un último tiro antes de irme a casa… Cuestión de evitar mareos etílicos al afrontar la cama. Y, bueno, luego una última copa de despedida y ya sí que sí.

Después del tercer disparo el tiempo se había acelerado de tal manera que ya no veía pasar las horas de lo folladas que iban. De hecho, cuando se me ocurrió echar un vistazo al reloj, comprobé no sin cierta angustia que el último autobús nocturno para Galapagar había salido hace un buen rato. Me tocaría pues esperar al primero de la mañana. Por lo tanto hasta las seis y veinte todavía quedaba mucho tiempo, demasiado tal vez…

A todo esto Clara y el millón y medio ya no es que me interesaran demasiado que se diga. Ahora tenía cosas mucho pero que mucho más importantes en que pensar. ¿Alguien sabe dónde puedo pillar algo…? Claro está no se trataba más que de una pregunta retórica o de cortesía si se quiere. Después de todo la mitad de mis acompañantes se ganaban el pan traficando. Así que pasé por un cajero automático y, media horita después, mientras Pacorro subía a su piso de la

Elipa a por un par de metros, me tocó esperar impacientemente en el taxi de turno. De golpe y porrazo el taxista se puso a hablarme, así, sin conocerme de nada. No llevaba maldad el hombre, sólo pretendía darme conversación... pero, mira, aunque mis mandíbulas no hubieran estado tan herméticamente contraídas, no habría conseguido sintonizar las cuerdas vocales con los impulsos alborotados de mi cerebro. Imposible.

Pasó un buen rato antes de que recuperara el habla. Tal vez un par de horas.

Ah, y acabé tirando un par de veces más de cajero. Entre otras cosas porque nos dio por ir a dar un garbeo por la casa de campo antes de que amaneciera. Creo que ya había contado a todos y cada uno que me iba a casar y se decidió por unanimidad que debíamos hacer una especie de avanzadilla de despedida de soltero. Ya se sabe, la tradición. Y, claro, quién era yo para privarles de ese capricho a los chicos.

Huelga decir que no vi ni a Clara ni a su marido. De modo que dos días después, todavía resacoso y muy, muy deprimido, llamé a mi padre.

—Hola papá. Soy yo.

Tu hijo, estuve a punto de añadir. Pero el caso es que me sonó un poco raro.

A los humanos es complicado organizarlos. En mi trabajo, por ejemplo, tenemos que fichar, nuestros informes son supervisados por triplicado no vaya a ser que metamos la pata en algo, se nos graba las conversaciones telefónicas y, por supuesto, ni hablar de salirse de las directrices impuestas. Hemos de tratar de usted al cliente, responder al teléfono antes de tantos segundos, las conversaciones no pueden durar más de otros tantos minutos, si se nos pregunta esto hay que responder esto otro y, por encima de todo, encasquetar el producto. Tres minutos para mear, veinte para comer, ahí está la clave de una buena organización.

Cierta dosis de mano dura se impone o la cosa se sale de madre, está comprobado. Tampoco digo que haya que ir pegando un tiro en la nuca a cada patán que se retrase en una entrega. Somos gente civilizada nosotros, ya lo dice Javito: mucho le tienen que tocar las narices a un españolito para que se líe a matar a una persona que no sea su mujer. Pero hay que hacerse respetar, eso sí. No se puede permitir que te den una tortilla en vez de un kilo de cocaína, todo tiene un límite. Luego la gente se pone a largar y, en menos de lo que canta un gallo, te han echado por tierra una reputación de varios años. Alcanzar cierto status cuesta lo suyo, y si no que se lo digan a Javito que empezó vendiendo frutos secos en un kiosco de Carabanchel. Así que, puestos a elegir, mejor que te tomen por un asesino que por un buenazo. Por eso, cuando Carlitos apareció atado y chamuscado entre la chatarra ennegrecida de un viejo Renault, ni desmintió ni confirmó que fuera cosa suya.

Lo que sí que está comprobado, no obstante, es que lo interceptó dos días antes en una calle cerca de Avenida de América. Es una de sus características más notables. Va tan tranquilo (es un decir) por la calle hablándote de tal movida y de golpe y porrazo te intercepta a alguien. Y, una vez interceptado, el sujeto no se le escapa. En ese sentido es un profesional de pies a cabeza, siempre con el radar operativo. Me atrevería a decir que en esta intercepción en concreto, Javito demostró una destreza magistral.

—El movimiento de cuello ése, Parisino... —le explicó a mi hermano—. No me era nuevo, sabes...

Y eso que Carlitos llevaba casco y no conducía su moto habitual. Y tampoco es que sea un tipo que llame especialmente la atención por su complexión física o manera de vestir (quitando esa camiseta de la selección argentina que, según mi hermano, le dio por llevar durante una época), no; Javito lo detectó por un simple movimiento de cuello, tal y como lo cuento. Estaba nuestro amigo cruzando por un paso de cebra con el Parisino, cuando de repente dio medio paso atrás y antes de que el interceptado se diera cuenta ya le habían apagado la moto y quitado las llaves de ésta.

Nunca fue un tipo de reflejos rápidos Carlitos. Cada uno de sus rasgos encajaba a la perfección en el clásico arquetipo de porrero. Movimientos torpes, lenta pronunciación, sonrisa beata... Me cuesta imaginar la cara que pondría atado en el coche en llamas... Por lo visto, de su cuerpo calcinado no quedó rastro alguno de sus emociones, sólo otra foto jugosa para la jauría periodística. Pobre diablo. Hoy ya no se habla de él, pero más que nada porque tampoco se sabía mucho de él cuando vivía. Era el típico tío que todo el mundo conocía de vista, pero nada más. A Angel le cuesta recordar qué tipo de relación le unía al Pulga. Tal vez era el hermano de una de sus novietas… pero no está seguro y eso a pesar de su ya mencionada memoria prodigiosa. Vamos, que el tío pasó sin pena ni gloria por esta vida si no llega a ser, claro está, por los titulares de sucesos que acaparó durante un par de días… Ah, y en cuanto a lo de la pena, bueno, eso es ya más difícil de cuantificar. A quien más y a quien menos a todos nos ha tocado pasar lo nuestro; a ver quién es el guapo que se pone ahora a comparar sufrimientos ajenos.

Dicho esto, la coartada de Carlitos no carecía de cierta lógica. Evidentemente hay que tener en cuenta que era un porrero avezado y que, como tal, padecía de estados de distracción aun más acentuados que en el resto de humanos. Por tanto vale que se despistara y confundiera el melón con la tortilla de patatas, sin embargo ¿cómo es posible que pasaran cuatro días sin que el hombre advirtiera la equivocación? Todo empezó por culpa de una maría que, según sus propias palabras, era de anuncio.

—El tema —explicó— es que cuando llegué a casa y me di cuenta de que te había dado la tortilla, me puse un poco nervioso, para calmarme me fumé un petilla, lo típico, y, bueno, me dije que lo primero que tenía que hacer era esconder el kilo en un sitio seguro mientras bajaba a la cabina a llamar al Pulga…

—El Pulga no me dijo que le hubieras llamado.

—Ah ya... No creo que le llamara, la verdad. El te ha dicho que no le llamé, ¿es eso, no?... Pues entonces seguro que no le llamé...

—Así que bajaste a llamar a la cabina...

—Sí, esto sí... Pero en la de la esquina de casa, la que siempre utilizo, estaba hablando una piba, sabes, una niñata del barrio que se pasa el tiempo pegando grititos por teléfono... no sé si te haces a la idea...

—Vale, sí, al grano...

—Pues que me tuve que rular otro petilla mientras esperaba a que la otra acabara de rajar, tanto por hacer tiempo... Así me relajo un poco..., que falta me hacía por otro lado... porque me estaba poniendo de un nervioso ya... Sabes, pensé que a lo mejor os estabais pensando que os quería hacer todo el lío, me entiendes, que me quería quedar con el kilo de coca para mí solito, y la otra que no paraba con sus sabes, guay, no me lo puedo creer...

—Carlos... —le interrumpió Javito.

—Eh.

—No me cuentes tu vida, no me interesa. Dime sólo si tienes el kilo de coca y dónde está.

—¿No quieres saber por qué me detuvo la pasma?

Si hay algo que no debes mencionar jamás a Javito es policía y detención en una misma frase. Angel cuenta que en esta ocasión le dio un espasmo y se restregó tres veces seguidas la nariz a la vez que torcía la boca en un gesto de trastornado.

—Qué estás diciendo —gruñó Javito.

—Es que no te lo vas a creer, pero después de llevar ocho horas pegada al teléfono van y la llaman por el móvil, y me digo yo: vale, ¡por fin! Ahora colgará la muy perra, pero ¡qué va! Se pone a rajar a dos bandas, como si nada, con un teléfono en cada oreja, así que me dije: vale, no me dejas hablar en mi cabina, pues ahora voy y te levanto el móvil, cachonda, y por lo menos hago mi puta llamada... y, además, gratis... a ver qué te parece...

Sería el susto de oír mencionar a traición aquellas dos palabras tabú, el caso es que ahora Javito escuchaba con felina curiosidad el relato.

—Le mangaste el móvil —preguntó.

—No. Pero... casi. No sé que hizo la tía, que movió la cabeza en el último momento o qué, o si fui yo que estaba más fumao de la cuenta, el caso es que agarré el teléfono equivocado y, follado como iba, me pegó tal tirón el cable de la cabina que acabé en el suelo. Menudo corte, tronco... Además no me partí la columna vertebral en dos porque Dios no lo quiso..., y que no me podía levantar del dolor oye... Menos mal que a la tía no le dio por llamar a la policía, tronco, ¡menos mal...!

—Pero no me has dicho que te habían de... —a Javito le costaba pronunciar la palabra—, que te había pasado eso, ¿eh?

—¿El qué?

Al final Javito acabó por explotar. Bastante había aguantado ya.

—¿Pero tú has visto esto Parisino? —exclamó exasperado levantando los brazos al aire y bajándolos de golpe casi hasta el suelo— ¡Me quiere volver loco!

Mi hermano tuvo que intervenir. A su amigo le podía dar por cometer cualquier locura.

—Vamos a ver, Carlitos, céntrate. ¿Dónde está la coca?

Abrió la boca para responder…

—Espera —le interrumpió el Parisino, levantando el dedo índice—. No vaya a ser que te líes otra vez. Responde con una frase, y sólo una. Si es con una palabra, mejor todavía, pero te aviso: no se te ocurra contarnos otra de tus historietas, ¿vale?

—Esto, vale.

—Muy bien, venga, dispara, ¿dónde está la coca?

—En mi casa.

—Oh. Así está mucho mejor, ¿ves?

Javito seguía intranquilo:

—Parisino…

—Dime.

—Que te diga qué coño le ha pasado con la pasma, por favor.

—¿Por qué le has dicho antes a Javito que te habían detenido?

—Ah sí…, pues resulta que cuando me fui al Indiano para ver si me reponía un poco…

—Espera —le interrumpió de nuevo Ángel—. ¿No habíamos quedado en que habías bajado a llamar al Pulga?

—Sí, por eso, claro, en el Indiano tienen teléfono… Y de paso me podía tomar una birrita, me dolía un huevo la espalda, pensé que lo mismo me había roto una costilla o algo…

—Ya, y te vas al Indiano a ver si te cura, ¿eh?

—Yo qué sé, lo mismo un poco de alcohol, para el dolor, ya sabes… Pero hemos quedado que tenía que llamar al Pulga, eh, así que nada más llegar lo primero que hice fue cambiar para llamar por teléfono…

Angel también empezaba a perder la paciencia:

—No me creo una mierda de lo que estás diciendo, tronco.

—Bueno, sí, es verdad; lo primero que hice fue pedirme una cerveza y un pincho de tortilla, estaba muerto de hambre…

Entonces fue cuando Carlitos se llevó el primero de los dos guantazos. El segundo lo recibió justo después de preguntar por qué le habían atizado el primero.

—¡Que me digas por qué cojones te detuvo la pasma, hostia! —le ordenó el Parisino levantando de nuevo la mano.

—Hubo una redada en el Indiano.

Eso tenía sentido. Aquel bareto era un punto de encuentro de chorizos y camellos de segunda fila, el típico sitio para que un par de maderos vagos pudiera justificar su salario sin mucho esfuerzo. Carlitos se encontraba en los servicios cuando la policía irrumpió en el local. Lo escuchó todo ya que lo primero que hizo la pasma fue dar las luces y quitar la música. Entonces se le pasó por la cabeza tirar por el retrete los ciento y pico gramos de marihuana que llevaba encima, incluso llegó a abrir la bolsa, pero se lo pensó mejor. No podía hacer eso, no: estaba demasiado increíble esa hierba… Decidió escapar y, a tal fin, se subió encima del retrete para escabullirse por la ventana. Así lo pillaron los maderos, con medio cuerpo colgando de la ventana. Lo cual, dicho sea de paso, facilitó las tareas de cacheo y la policía no tardó en dar con la bolsa en uno de los bolsillos del pantalón.

—La putada —aseguró Carlitos— es que tuviera la espalda jodida del golpe que me di. Si no de qué me iban a pillar esos cabrones, no te digo...

Pasó la noche en el calabozo. No ya tanto por los cien gramos de maría, sino por la patada que, en su fallida huida, propinó en la cara a uno de los maderos. El día siguiente se lo pasó prácticamente durmiendo para recuperarse de la mala noche en dependencias. Nada más despertarse salió a ver si pillaba algo de costo, más que nada para mitigar el dolor de espalda. Entonces cuando alguien le largó que se decía por ahí que había tangado a Javito, se acordó de aquel kilo de coca escondido en casa de su madre. Se dijo que, sin falta y echando hostias, tenía que aclarar las cosas, pero primero y antes que nada, necesitaba un porro en condiciones o los nervios le iban a volver loco. Consiguió algo, pero no lo bastante potente. La sensación de nerviosismo es lo peor que le puede pasar a gente como Carlitos, les pasa algo así como a los diabéticos con el azúcar, no pueden asimilarla. Lo había dejado hace tiempo, por lo menos dos años, pero un chino se imponía o la cabeza le iba a estallar, así de claro. Abreviando: se pasó un par de días colgado con ciertas viejas amistades, hasta que su hermano pequeño apareció por el poblado y se lo trajo de vuelta a casa, como en los viejos tiempos.

—Luego recapacité, os lo juro, me di cuenta hasta que punto había hecho el gilipollas, pero es que esta vida es un mierda, colega, a veces me da la sensación de que no puedo con ella, que se me viene todo encima… Otros días en cambio me creo que todo tiene solución, por eso le pedí la moto a mi hermano, ahora iba a casa del Pulga os lo juro, a explicarle todo lo que me había pasado, ya sé que es un poco tarde y que seguro que he os metido en un lío, pero bueno el kilo lo tengo en casa de mi madre, sin tocar, y si tengo que pagar una multa por la ida de olla, no hay problema, lo comprendo, sólo os pido que tengáis en cuenta que he tenido un montón de problemas últimamente… y no ando con la cabeza muy en su sitio que se diga, ¿lo entendéis, no?

Mi hermano asegura que había lágrimas en los ojos del Carlitos.

Si hay algo peor que la resaca a la hora de tomar decisiones ése es el miedo. Cuando decidí llamar a Coque para pedirle consejo padecía ambos trastornos en grado mayor. La noche anterior, pobre de mí, tuve que atiborrarme a copas para sobrellevar la boda de una amiga de Marta. Cosas que pasan. Por otro lado, unos días antes, la Mala Bestia, se me había presentado en casa con una carpeta verde debajo del brazo. Si alguno de vosotros lo conoce y voy y digo que parecía un poco cortado, enseguida pensará que estamos hablando de dos personas distintas. Pues no, se trata del mismo Gonzalo. La Mala Bestia. E insisto, parecía cortado. Con decir que ni siquiera me estrujó con uno de sus abrazos de oso, lo digo todo. Se conformó con darme la mano, como las personas normales, media sonrisa tonta de comercial inexperto asomando en los labios. Aquí pasa algo muy fuerte me dije enseguida, oliendo el peligro. Y puedo afirmar ya que razón no me faltaba pues resulta que la mala bestia, además de entonar ocasionalmente cancioncillas en el Nativo, ¡padece de inquietudes literarias! En su carpeta verde traía notas, frases sueltas, títulos, reflexiones, un popurrí en suma de sugerencias varias para mejorar mis escritos.

—Vale que no he leído mucho que se diga, pero, tronco, hazme caso, lo que estás escribiendo necesita algunos retoques.

Así me dijo. Y vale que yo no seré ningún genio literario, pero "Extrañas Movidas" es un título cuando menos penoso, al menos que te llames Kati, escribas un diario y padezcas inéditos cambios hormonales, en cuyo caso podría hasta resultar gracioso y todo. A parte de proporcionar semejante título, el tío se puso a darme lecciones, en un tono un tanto condescendiente y todo. Lo de la media sonrisa de antes no fue más que un momento de flaqueza o, no te extrañe, una treta; en seguida se familiarizó con la situación y pasó a tratarme abiertamente como a un idiota. Pues hay que tomarme por tal para presentarse en mi casa sin previa invitación y echarme en cara mis defectos, por muy flagrantes que sean.

—Te puedo contar un montón de historias sobre la movida madrileña.

Otro que quiere contarme sus movidas. ¿Quién coño soy yo? ¿Un psicólogo?

—¿Ah, sí? —dije exagerando interés.

Mira, en un principio hasta le escuché, ¿por qué no? Ya no sólo por el grave respeto que me infunde el tío; además, después de todo, ando realmente necesitado de ideas y un tipo como Gonzalo tenía que ser a la fuerza una poderosa fuente de historias suculentas. Lo curioso, y esto no es la primera vez que lo constato, es que todos estos chavales —y conozco unos cuantos— cuyas vidas de delincuente resultan tan atractivas para el gran público, a la hora de querer sublimar sus vivencias caen irremediablemente en el tópico. A veces parece como que les puede la tele. Sé de buena tinta que en el transcurso de una estúpida reyerta en el Nativo un rumano llegó a encañonar a Gonzalo en la sien. Al final las cosas se aclararon y el incidente no tuvo mayor consecuencia que la súbita regurgitación de parte del alcohol ingerido por nuestro amigo. Pero, bueno, le han apuntado con una puta pistola; nadie puede negar que es el tipo de vivencias que si no te marcan de por vida, al menos han de servir para madurar en un plano existencial. Por fuerza has de ver la vida de otra manera que si, por ejemplo, tu mayor preocupación estos últimos años hubiera sido los vencimientos de las letras, la vida del vecino o los titulares de la prensa deportiva. Con esto quiero decir que Gonzalo no es ningún recién llegado, sabe de qué va el cuento. ¿Cómo se explica pues que pretendiera que cuente que los chicos de la calle Acuerdo entran en una guerra abierta con Pablo Escobar?

—Pues claro tronco, a Pablo Escobar lo conoce toda la peña, es un tío con tirón. No seas soso, joder, a quién coño te crees que le puede interesar la vida de cuatro gamberrillos... ¡Hay que hacer las cosas a lo grande, hombre! ¡Con clase! ¿Has metido alguna persecución? ¿Y sexo? El sexo vende, macho.

—No te digo que no, Gonzalo, pero esa no es mi intención...

—¿Ah no? ¿Y para qué escribes entonces? Querrás que la gente te lea, ¿no?

—Sí, bueno...

—¿Cómo que "sí, bueno"...? ¿Te estás quedando conmigo? Y si resulta que de repente te vuelves famoso, ¿eh? No me digas que no sería para partirse la polla.

Y ¡plaf! Me suelta una bofetada, así, en plan cariñoso, que juro que me hizo cagarme en sus muertos durante varios minutos. Aun así mantuve mi sonrisa sumisa e intenté hacerle

comprender mi postura, mis inquietudes, mis aspiraciones…
Le insinué que su planteamiento era un tanto inverosímil, que
después de todo mi intención era exorcizar experiencias per-
sonales que de otro modo no soy capaz de asimilar, la relación
con mi hermano y, bueno, también aderezar la historia con
alguna movida que amenice un poco el ritmo, pero siempre
dentro de un marco realista.

—Ni quiero escribir un best seller, ni soy capaz de ello,
Gonzalo, créeme.

—Vamos, que pasas de que te eche una mano.

—No es eso, tío; simplemente creo que tenemos dos con-
cepciones muy distintas, la historia que me estás contando no
tiene nada que ver con la mía.

—¿Y no será más bien que a lo mejor te crees que no estoy
a la altura, eh?

—¿Por qué iba a pensar eso?

—Mira, al menos no me tomes por gilipollas, hazme el
favor. ¿Sabes que pensé que igual me ibas a salir con éstas?,
pero me dije, qué va hombre, es el hermano del Parisino, es
un tío legal, pero ya veo que me equivoco y…

—A lo mejor no me he expresado bien…

—No me interrumpas, hostias… Por última vez te lo digo,
¿quieres que te eche una mano o no?

Su propuesta sonó totalmente a amenaza y a pesar de todo
dije que no. Así, sin ambigüedad alguna, como un perfecto
inconsciente. Me lanzó una mirada de desprecio y se fue de
casa sin tan siquiera despedirse. Lo peor de todo es que el
muy capullo se dejó la carpeta verde. Seguro que lo hizo

intencionadamente, para que ahora me encuentre yo inmerso en este estado de inquietud, acosado por crueles remordimientos. No me atrevo ni a tocarla, ahí se ha quedado, encima de la mesa del comedor. Supongo que algún día decidiré qué hacer al respecto, ahora simplemente ha de quedarse dónde está. Le he pedido a Marta que ni se le ocurra tocarla. Es una prueba del delito y no hay más que hablar.

Por supuesto le conté lo sucedido a Angel.

—No le hagas ni caso —me dijo—. Está como una puta cabra.

Eso es justamente lo que me preocupaba, joder. ¿Y si iba a verle y le proponía que escribiéramos algo juntos? No esta historia; esto ya no tiene arreglo, una historia nueva, dinámica, llena de acción. Algo potente de verdad. Lo digo muy en serio. Habían pasado unos días desde que vino a verme y, serán cosas de la mala conciencia o qué, el caso es que había comprendido que lo que le conté de mis motivaciones literarias no sólo era un saco de patrañas apestosas, encima me había valido para granjearme la enemistad de una persona muy peligrosa. No compensa en absoluto. ¿Qué coño me hubiera costado seguirle la corriente? Tiene razón el hombre, ¿quién me creo que soy? El chaval quería apuntarse al subterfugio de la literatura y voy yo y le despojo de su inocente ilusión. ¿Acaso no me siguen a mí la corriente Marta o el resto de mi familia? Tiene un empleo de mierda y no sabe ni conducir, vale, pero el chaval es escritor. Oye, si cuela cuela. De Gonzalo dirían que lo de matón sin escrúpulos no es más que una faceta de su rica personalidad, ya que, en el fondo, su alma pertenece al reino de la literatura. Tenía derecho a la redención de la escritura, el hombre, tanto o más que yo. Después de todo ha demostrado saber cantar con cierto sentimiento y, aunque se trate de una pandilla de crápulas, dispone de un público fijo. Yo ni eso.

Así que le pedí el número de teléfono a mi hermano y ayer mismo le llamé. Básicamente le he asegurado que he cambiado de opinión, y que apreciaría enormemente su colaboración. Rectificar es de sabios.

—Ya. ¿Y por qué piensas que ahora sí te podría venir bien mi ayuda?

—Por que he estado reflexionando, tenías razón con lo que me dijiste. La historia necesita un cambio radical.

—Así que… ahora resulta que la historia necesita un cambio radical…

—Sí, lo he pensado bien y así es. Más acción.

—Mira tú por donde, justo ahora, te has dado cuenta, como por arte de magia, que necesitas mi ayuda. ¿Qué ha sido, una especie de inspiración?

—No te comprendo…

—Está claro que me tomas por gilipollas, eh. El loco de Víctor aparece todo chinado por el Nati buscando al Parisino y a su hermano el escritor y ¿adivina quién me llama al día siguiente pidiendo ayuda…?

—¿De qué Víctor hablas…? —en un principio no caí. La verdad es que le hacía en la cárcel…

—Sabes perfectamente quién es. Desde luego él sabe quién eres tú, y todas las patrañas que estás contando sobre él. ¡Con el Pulga y el Cojo, que apareció el tío…!

Tres cuartas partes del núcleo central de los de la calle Acuerdo. Tiene gracia, después de años, resulta que un montón de palabras tecleadas iban a juntarlos de nuevo, y, no sólo en la pantalla de un ordenador, también ahí fuera, en carne y hueso. Acojonante.

—Por cierto —aseguró en un tono divertido—, no por nada pero los vi a los tres bastante perjudicados. Menudo trío...

—Te aseguro que no tenía ni zorra de que estuvieran buscándome... además ¿qué tiene que ver con lo de que escribamos tú y yo juntos?

Sabía perfectamente en qué medida tenía que ver. Por eso ahora, más que nunca, necesitaba ganarme el aprecio de Gonzalo. Sólo él podía defenderme de unos sicópatas de la talla Víctor y de los otros dos.

—Venga, déjate de hostias —insistí— tus ideas pueden resultar de puta madre, ¿qué tal si te pasas por casa y lo hablamos?

—Casi que no.

Y se despidió con un "que te vaya bien". Después de colgar y sopesar detenidamente la situación, se me escapó una breve pero intensa risa histérica. Esto es de coña, pensé, y volví a llamar a mi hermano.

—Ni puto caso —me aseguró—, eso son cosas de Gonzalo, te lo dice para rallarte. Y, mira, aunque fuera verdad, esos tres no te van a hacer nada ni a ti ni a mí... Que ni se les ocurra, vamos. No te jode..., ¿bueno qué tal lo llevas, te queda mucho?

—Un poco —le respondí. Luego me contó un par de ideas que se le habían ocurrido y colgamos.

No me quedé muy tranquilo que se diga y, para colmo, la resaca me estaba carcomiendo los nervios. Así que llamé a Coque para ver si quedábamos para tomar unas cañas, cuestión de desconectar un poco. De paso le conté lo sucedido y, llevado por el miedo, le pedí consejo.

Tener que ver a tu hermano pequeño arrodillado y con un tiro en la cabeza no mola. Ver sus ojos tan conscientes, tan abiertos, intentando evitar que se cierren al terror... quieto, inmóvil, las manos apoyadas en el suelo, como con miedo a moverse por si algo de dentro de su cráneo pudiera desprenderse... Es horrible. No, no mola. No es una imagen que luego te quites así como así de la cabeza. Aunque sepas que no ha sido más que un sueño.

No somos una familia normal, soy consciente. Lo de mi madre, mi hermana María... por fuerza tiene que habernos afectado. Por muy calladito que nos lo tengamos, han debido de ser unos golpes muy duros, seguro que sí. Recuerdo oír comentar a mi padre que lo de mi madre era como si le hubieran arrancado un brazo, y que ahora tenía que aprender de nuevo a vivir la vida, como un minusválido aprende a caminar después de un accidente. Y el caso es que el tío ha vuelto a casarse y hoy en día se le ve entero, bien posicionado, incluso hace gala de un carácter alegre y hasta guasón incluso, por qué no decirlo. Mi hermana Sonia frecuenta un sicólogo y yo tengo pesadillas de vez en cuando, pero también se nos puede considerar unas personas alegres y hasta, dentro de lo que cabe, sanas. El único punto negro, por así decirlo, es nuestro hermano. Sus repentinas e imprevisibles crisis, por mucho que nos empeñemos en racionalizarlas, nos sumen en la desesperación. No hay nada qué hacer, en cuanto a Angel le da por desvariar, mi hermana y yo perdemos los papeles. Entonces nos reunimos, hablamos.

—¿Y no sería mejor internarle? —dice ella.

—¿Y cómo? ¿Dónde...? No puedes obligarle...

—Pero algo tenemos que hacer, el chaval está sufriendo...

—Si él no quiere no hay nada que hacer —insisto yo.

La última vez que mantuvimos una reunión de este tipo fue en un tren de cercanías. Tuvimos que sacar los billetes por culpa de una insólita llamada de socorro de nuestro hermano. Sucedió hace medio año o así, y, como siempre, en el momento en que menos nos lo esperábamos. Despertó a Sonia a las cuatro de la mañana de un día entre diario. Como el tío no era capaz de explicar lo que le pasaba o dónde estaba, lo tuvo que hacer la policía.

—¿Es usted familiar del detenido?

Mi hermana se identificó. El agente también, comisaría de policía de Guadalajara. Habían encontrado a mi hermano vagando por las vías de la estación de tren. Aunque dicho acto suponía una infracción en sí, el verdadero motivo de la detención había sido por posesión de arma blanca y dos papelinas con cocaína. Entonces mi hermana me llamó y los dos nos fuimos a Guadalajara en el primer tren de la mañana. No conocía la ciudad y, a decir verdad, la gente que ahí encontré me pareció más bien antipática, por no decir gilipollas integral. También es verdad que las circunstancias no ayudaban precisamente.

Hablé yo. Para algo soy el hermano mayor.

—Buenos días. Mire, resulta que nos han llamado esta madrugada...

La hijoputa de agente que estaba en recepción ni levantó

la cabeza para mirarme. Así que volví a empezar:

—¿Oiga…?

Conseguí que levantara la mirada:

—¿Qué desea?

—Vengo a buscar a mi hermano.

—Un momento por favor —dijo secamente. La estaban llamando por teléfono.

Esperamos pacientemente a que la buena mujer acabara de largar. Cinco minutos de reloj nos tuvo esperando junto al mostrador. Cuando colgó nos exigió nuestros carnés de identidad. Se los dimos sin rechistar, y ordenó:

—Pasen a la sala de espera.

—¿Pero… —objetó mi hermana— sabe acaso a qué hemos venido?

—Hagan el favor y esperen en aquella sala.

Pues vale, en aquella sala que esperamos. No abrimos la boca. Por un lado estábamos cansados y, por otro, ¿de qué narices se puede hablar en la sala de una comisaría esperando a que suelten a tu hermano? Son momentos incómodos, nunca acabas de acostumbrarte. Sobretodo, creo, teníamos miedo de ver su cara. Cuando sufre una de estas crisis su mirada ida hace daño. Y esta vez no sería diferente, aunque tampoco creo que se nos notara mucho. Con el tiempo hemos aprendido a disimular, así que le recibimos con una sonrisa y alguna frase alegre para quitar miga al asunto, tipo "hombre, Angelito, ¿cómo tú por aquí?".

No presentaron cargos por lo de las papelas, pero sí por llevar una navaja automática. Siempre con malas formas un agente nos dijo que teníamos que firmar no sé qué. Lo hicimos y nos fuimos.

Le preguntamos si quería comer algo. Pero Angel no respondió.

—¿Te quieres venir a casa? —le propuso Sonia.

Volvió a no decir nada. Al final se vino a la mía, se tumbó en el sofá y con la tele encendida intentó dormir un rato. Yo le hice compañía en el sillón de al lado, ojeando una de esas revistas de decoración que a mi mujer le da por comprar de vez en cuando. Al chaval le costaba respirar y no paraba de removerse, cada cierto rato se levantaba para ir al cuarto de baño… desde donde, por cierto, podía oírle sonarse los mocos. El caso es que al final me quedé dormido. Cuando desperté ya no estaba en casa. Encontré unas latas de cerveza vacías en la cocina. Le llamé al móvil, lo tenía apagado. Al cabo de un rato llamó mi hermana y, cuando le conté que se había ido, se puso un tanto histérica; nada grave sin embargo, a los pocos minutos se le pasó y dijo que se acercaba a verme. Entonces, por enésima vez, volvimos a tratar el caso de nuestro hermano.

Sonia está convencida de que el problema son las drogas que le hacen enfermar. Yo, en cambio, sostengo que, en todo caso, la drogadicción no sería más que un síntoma de su enfermedad. Y eso que tampoco tengo muy claro que esté enfermo o sea drogadicto, no más que lo pueda ser yo o cualquier hijo de vecino.

—¿Pero cómo puedes decir eso? ¡No has visto la cara que tenía! Está mal.

—Ya lo sé que está mal, pero también es verdad que otra veces está bien, incluso muy bien. De hecho estas recaídas tampoco son tan fuertes como hace unos años.

—¡Llevaba una navaja! ¿Para qué querrá Angelito un navaja? Tengo miedo de que pueda cometer cualquier locura.

Esa es la cuestión, tiene miedo de que haga lo que hizo mi madre. Después de todo, motivos no le faltan a la chica para preocuparse: Angel comparte genes... Al igual que ella y yo, si es por eso.

—Escucha —le dije para intentar calmarla—, tenemos que pensar también en nosotros mismos. No puedes martirizarte continuamente por su culpa, hacemos todo lo que podemos...

Sonia sonrió amargamente:

—¿Martirizarte, dices...? Yo no me martirizo, el único que se martiriza es él... ¿Sabes que está convencido de que lo de María fue por culpa suya?

Por extraño que pueda parecer, no sé de qué murió nuestra hermana. Apareció una mañana muerta en su cama, ya lo he dicho. Creo que nunca pregunté la causa y, si en algún momento lo he sabido, juro que lo he olvidado.

Pero por lo visto Sonia disponía de más datos:

Hace unos años me contó que trajo una cocaína muy fuerte de Marbella... y se la dio o vendió a María... Está convencido de que fue eso lo que la mató.

Vaya.

No supe qué decir. Cuando está mal, a veces Angel se inventa este tipo de historias para castigarse. Tampoco habría que hacerle mucho caso, pienso yo. Aunque también es verdad que las fechas concuerdan… En cualquier caso la noticia me dejó algo confuso. Normal que no conserve muchos recuerdos de esa época o que, por decirlo de otra manera, la gente no saque fotos en los funerales…

Tres días después de lo de Guadalajara me llamó Angel. Se le notaba recuperado y, desde luego, con más ánimos. Quería saber qué tal llevaba lo de la novela.

Si eres de los que se considera un serio aspirante a delincuente sin escrúpulos y tu edad está comprendida entre los doce y quince años, has de saber que la noche del cinco al seis de enero resulta ideal para colarse en los garajes de ciertos edificios. Basta con forzar unos cuantos maleteros para garantizarse un montón de regalos primorosamente empaquetados. Luego puedes ir a vendérselos a los gitanos por unos gramos de la droga que más te enrolle. Es fácil, seguro y rentable. Un chollo.

Que nadie se lo tome sin embargo como un consejo, ni mucho menos. Es sólo una constatación, un hecho, como también podría ser que antes de llegar a los veinte años es indispensable haber conocido lo bastante a fondo el mundo de las drogas para saber si puedes ganarte la vida con ellas de ahí en adelante. O que si a los veinticinco aun no sabes cómo ganarte la vida de otra forma, es muy posible que no hubieras comprendido su poder real cinco años atrás. Pero si a partir de los veinticinco además del trapicheo consigues mantener otro negocio legal puedes apostar, hijo, que vas por el buen camino. Y si a los treinta ninguna de tus fuentes de ingresos está penalizada, entonces ya puedes renegar con orgullo de tu pasado y dedicarte a poner en práctica la sabiduría tan duramente adquirida.

Esto siempre y cuando tengamos menos de treinta años. A partir de esta edad, si aun sigues metido en la movida, ya es más difícil andarse con catalogaciones. Principalmente me faltan referentes directos. Alguien podría decir que Javito y mi hermano son dos claros exponentes de esta categoría de jóvenes delincuentes alcanzados por la treintena. No sé, tal vez… Pero es complicado hacerlos encajar en un cuadro estadístico. Ahí los tienes, dos buenos amigos, quedando para cenar cada viernes con elementos de la talla del Paleto y el Parra. Por lo general se reúnen en casa de Javito. Ahí están más tranquilos y su madre, a pesar de tener más de setenta años, se deja la piel por prepararles y servirles una cena como está mandado. Fácilmente los chavales se pueden pimplar un par de botellas de vino mientras charlan a viva voz de sus cosas… mujeres, fútbol, política, de todo menos del trabajo: la movida es un tema tabú en momentos de asueto. O desconectas al final del día o acabas por volverte tarumba del todo… Lo que no quita para que muchas veces acaben discutiendo por cualquier chorrada. No es raro, entonces, que alguno de ellos se acalore más de la cuenta y salga de casa dando un portazo… y es que ya no andan muy bien de la cabeza, tienden a desvariar… ellos mismos son los primeros en reconocerlo. Qué quieres, bastante con haber llegado donde han llegado por otro lado, se dicen para consolarse.

Por lo general, después de la copa Javito decide que ha llegado el momento de ponerse su tirito. Ya raramente se enchufa más de uno por noche, no le sienta bien… De hecho mi hermano se lo echa en cara: para qué te pones siquiera uno si sabes que luego te quedas todo piedra y paranoico perdido… Hay que decir que el Parisino no ha probado el alcohol en toda la noche, no puede, no debe, así que después de una hora o dos, cuando la borrachera de los otros tres se ha convertido en una barrera infranqueable y, para colmo, no paran de gritar y enredarse con confusos planteamientos, se monta en la moto y se pira a su casita en las afueras.

Por la mañana toca sesión de pesas y flexiones y, a continuación, a sudar ralladuras al trote por la urbanización, respirando fuerte, durante unos diez kilómetros o así. Raro es que no vuelva a quedar ese mismo día con Javito para comer o acompañarle a una visita de negocios. El otro día sin ir más lejos fueron a tal parque a encontrarse con uno de los colombianos. Cuenta mi hermano que, siempre que va a una cita de negocios, Javito toma tres veces cada rotonda, no vaya a ser que le estén siguiendo. Luego, muy atento, espera con el motor encendido y una marcha metida hasta que ve aparecer al otro.

—Mírale —le comenta a mi hermano en esta ocasión—, me lo va a volver a hacer, si es que se le ve en la cara, Parisino, el muy golfo lo trae escrito en la cara...

Y, efectivamente, después de saludarse y que Javito le pregunte por un precio definitivo, el sudamericano se echa las manos a los bolsillos y, con aire remolón, empieza a restregar el pie por la arenilla del parque.

—No sé, Javier, dime tú... —le suelta con esa vocecita melosa de los colombianos.

—No empieces, te lo pido por favor, Ronny... Llevamos así dos semanas ya... ¿Has hablado con él?

—Me ha dado recuerdos para ti...

—Muy bien ¿y a cuánto?

—¿Tú cuánto estarías dispuesto a darme?

Y claro, al final consigue que Javito vuelva a salirse de sus casillas porque el salvaje, como el lo llama, se empeña en no respetar las formas. Todo para ver si consigue racanear unos cientos de más. No es serio.

—¡No-no-no…! no te equivoques, eres tú el que me tienes que dar un precio, ¿cuánto te ha dicho tu jefe, hostias?

—No te preocupes por lo que me haya podido decir mi jefe, vamos a dar con un buen precio que nos interese a todos, a mí jefe y a nosotros.

—¡Eso no existe! ¡Pero será posible que no te entre en la cabeza!

—Pero si todavía no lo hemos hablado, Javier…

Preso de la desesperación, Javito levanta los brazos al cielo y, en un gesto ya característico, los vuelve a bajar de golpe hasta quedar casi en cuclillas.

—¡Que no hay nada que hablar, joder…! Un precio, ¡dime un precio!

En un segundo plano mi hermano observa la escena sonriendo por dentro, pensando que luego por la tarde me lo contará. Son varias las movidas que comparte con él. Se les puede considerar socios, pero ni mucho menos en todos los negocios. Cada uno su especialidad. Uno trata con salvajes, el otro con actores y ejecutivos. Se complementan, por así decirlo, y hasta forman una pareja simpática, claro que sí. Además se quieren y se respetan, son muchos años ya…, se han visto el uno al otro en situaciones muy malas y muy buenas, abajo y arriba, han pasado por la misma mierda como quien dice, y ahí siguen. Si a esto añadimos que de los antiguos "pesos pesados" ya no quedan muchos en circulación, es comprensible que el vínculo se haya ido estrechando cada vez más. Pues hoy en día ¿quién conoce ya al Molina o al Cosaco? Vale, eran unos históricos de la movida de principios de los noventa, pero por otra parte ¿quién se acuerda ya de esa época? Tal vez tampoco fuera para tanto después de todo. Otro episodio generacional más o menos desafortunado. Pasa todos los días, de hecho en estos momentos seguro que tenemos a otra generación de chavalitos pululando por el barrio con ganas de comerse el mundo a base de pastillas y rayas. Y puedes apostar que más de uno acabará en la cárcel, como Víctor, o que otros se quedarán colgados en la parra al estilo del Pulga o del pobre Cúster. Y, pasados los años, de todos y cada uno se podrá decir que, por culpa de los excesos de juventud, ya no andan muy bien de la cabeza.

Los excesos siempre acaban pasando factura, está demostrado. Y, si no, preguntarle a mi amigo Claudio, el de la fiesta de cumpleaños en el Factores. El chaval dejó el negocio de las drogas antes de cumplir los treinta para dedicarse exclusivamente a las cuatro tiendas de ropa surfera que poseía en la provincia madrileña. Poco a poco había ido cambiando hábitos y alejándose de sus antiguas amistades. Primero se deshizo del séquito de buscavidas y parásitos que, a parte de empeñarse en arrastrarle de bar en discoteca, y de after en puticlub, poco o nada aportaban. Luego, le tocaría el turno a los amigos, los de verdad. La mayoría de ellos, perjudicados por las muchas drogas y el poco sueño, se habían convertido con el pasar del tiempo en gente muy inestable cuando no peligrosa.

No encajaban ya mucho, por poner un ejemplo, con sus nuevos compañeros del curso de marketing. Reciclar o morir, esa es la cuestión, por muy duro que sea.

Por último le tocó vender la cartera de clientes a su proveedor por unos cuantos millones, cambiar de número de teléfono e irse a vivir a las afueras. Asunto arreglado. Así todo, un día, estando detrás del mostrador de una de sus tiendas, va y se encuentra con uno de aquellos parásitos de antes, el Cuajo. No le quedó más remedio que saludarlo y mantener una conversación, breve pero educada. Después de todo, el negocio es el negocio. Al poco tiempo, mira tú por donde, se presenta uno de Torrejón reclamándole una pella inexistente de dieciocho mil euros. Claudio le cuenta que los negocios no le van demasiado bien y que, si no era mucha molestia, le iría pagando a plazos a razón de mil euros por mes.

La historia es que habían intentado dar boletos al Cuajo por una de sus sucias jugarretas. Pero, en el último momento, el muy hijoputa consiguió escapar de sus verdugos atravesando a nado un estanque, de noche. Cuando días después, aterrizó por casualidad (o a lo mejor no) en la tienda de Claudio se dijo que tal vez podría llegar a un acuerdo con sus perseguidores. Así fue cómo encasquetó su pella a Claudio. Aquellos tipos eran gente muy mala y mi amigo lo sabía. Así que nada de chulerías ni, por supuesto, flaquezas. Por tanto no se negó a pagar la pella, pero tampoco soltó el dinero de golpe. Lo siguiente que hizo fue ponerse en contacto con su antiguo proveedor y contarle la historia. Este hizo de intermediario y, al final, se consiguió cancelar la falsa deuda. No obstante, Claudio comprendió que si quería cortar definitivamente con el pasado no podía mantener un negocio de cara al público. Así que le tocó perder mucho dinero en el traspaso de las tiendas y, días después, volver a la movida para, entre otras cosas, poder pagar las letras del chalet de las afueras. Ahora sigue trapicheando y gestiona otro negocio legal del que no voy a hablar. El otro día sin ir más lejos, me aseguró que en un año como mucho deja de vender cocaína, lo tiene todo planeado.

Es complicado cortar con el pasado. A mi hermano y a mí supuestamente nos buscan tres sujetos de la calaña del Pulga, Víctor y el Cúster. Angel insiste en que no tiene importancia, que no nos van a hacer nada… Ya lo sé que no nos van a hacer nada, esa no es la cuestión. Si se quiere, el mal ya está hecho. A propósito de su inesperado encuentro con el Cuajo, recuerdo que Claudio me comentó lo siguiente:

—¿Cuándo cojones se supone que me van a dejar vivir mi vida?

Esa es la cuestión. Se diría que ciertos pasados no permiten vuelta de hoja ni redención.

—Lo peor de todo —añadió— es que bastante nos castigamos solos, para que encima venga nadie a joder la marrana.

Mal o bien del tarro, hay una cosa que está clara y es que ni en un bando ni en otro se dará un Javito o un Parisino. Ellos no se han quedado en la parra, ni son unos inadaptados, ni unos ciudadanos ejemplares, ni todo lo contrario. Son como son. Carlitos, por ejemplo, era un porrero y actuaba como tal. Era catalogable. Sus andares, su mirada, su manera de hablar llevaban estampada una denominación de origen. No te ibas a llevar sorpresas con ese tío. Y, en cierto modo, tampoco iba a llevarse él muchas sorpresas consigo mismo. Bien pensado hay que reconocer la comodidad de disponer de unas reglas de comportamiento tan bien definidas, a la fuerza han de proporcionar un huevo de tranquilidad. Qué lujo envidiable no tener que estar todo el rato pendiente del estado de ánimo de los demás y, sobre todo, no tener que molestarse en actuar en consecuencia. La de comeduras de tarro que se ahorraría uno, fuera de coña lo digo. En ese sentido pertenecer a una secta también sería una bendición… pero volvamos a Carlitos y a sus idas de olla:

—Mamá, te presento a Angel y a Javier. Son dos amigos del trabajo.

El sinvergüenza le contaba a la madre que trabajaba de vendedor de seguros.

—Es más que nada —les explicó a nuestros amigos—, para que se quede tranquila, sabes. Si en alguna ocasión se me va un poco la olla y ando un par de días por ahí desaparecido, siempre le puedo decir que he estado en un viaje de negocios, ya me entendéis… Esto, ¿queréis tomar algo, una cerveza…?

—No, venga, tenemos prisa —le dice Javito—, danos eso y nos vamos.

—¿Vale, os importa que me tome yo una?

—No, no nos importa, pero después de que nos hayamos ido, eh. Ya has oído a Javier, tenemos prisa.

—Ah, vale, pues nada…

Y tras subirse a una silla, introdujo el brazo en el altillo del armario para sacar el paquete que, acto seguido, entregó a Javito.

—Aquí lo tienes, ¿ya pensabas que no le veías, eh? —soltó en plan colega.

—Todavía no lo he visto —matizó Javito mientras abría la bolsa y Carlitos se abalanzaba a echar el cerrojo de la puerta de la habitación.

—Carlitos…

—Eh…

—¿Qué es esto que me has dado?

En las manos de Javito reposaba algo muy parecido a un kilo de coca, sin embargo nuestro amigo no acababa de identificarlo como tal. Por su parte, Carlitos tampoco acababa de comprender la pregunta de Javito:

—Lo que me mandasteis ir a recoger, Javier…

Javito depositó el paquete en la cama para restregarse nervioso la nariz un par de veces.

—Esto ya sí que no tiene nombre, ¿tú has visto esto Parisino?

Mi hermano asegura que eso a que se refería su amigo saltaba a la vista que no era coca, no hacía falta ni tocarla. Era demasiado blanco, sin brillo y no llevaba sello alguno. Ni siquiera olía. Yeso, parecía más bien.

Carlitos no pudo reprimir una risa boba:

—Os estáis quedando conmigo, ¿eh?

Según mi hermano no tenía mucho sentido que les hubiera hecho el lío. Ni estaba capacitado para ello, ni podía ser tan inconsciente cómo para pretender encasquetarle a Javito un kilo de ful. Pero para desgracia del porrero esa no era la cuestión. El tío había andado desaparecido durante cuatro días y ahora aparecía con un kilo de algo que no era cocaína. Esa era más bien la cuestión.

—Esto es muy raro, Parisino —comentó Javito una hora después.

Habían ido a comer al Cairo, un restaurante en Ríos Rosas en el que te sirven unos pedazos de chuletones interminables. Angel recuerda a Javito más extrañado, o preocupado, que mosqueado. Tantas dudas tenía, que casi hubiera preferido no haber interceptado a Carlitos.

—Así te lo digo de claro, Parisino. Porque… ¿y ahora qué? ¿Por qué narices la gente siempre tiene que ir enredando, eh? ¿No es mucho más sencillo hacer las cosas bien? De todas formas la culpa es mía, lo sé, nunca tenía que haberme juntado con el Pulga, nunca, pero claro, era el hermano del pobre Javier, y se le ve centrado al chaval y ahora mira, mira en el lío que me ha metido, no ya por el melón que hemos perdido, eso ya ves, peor fue cuando me tuve que ir a Colombia a avalar los cincuenta kilos del puto velero ése que se hundió, ¿te acuerdas…? ahí sí que las pasé putas… No, el problema no es ése, la movida es que no puedes ir dejando que te tanguen de esta manera tan descarada, tú lo sabes bien Parisino, no puedes, no…, no es serio…

Angel lo dejaba hablar. A Javito le venía bien desahogarse para poner en orden sus ideas.

—¿Y de dónde coño habrá sacado el Pulga a la colombiana esa? Tenías que haberla visto, Parisino, la cara de ceniza que traía… ¿pues no nos persiguieron un par de maderos por la M-30? Cago en la hostia, Parisino, así no se puede, te lo digo ya… ¿Oye, no está muy cruda tu carne?

—Me gusta así.

—Eso luego cuesta mucho digerirlo, Parisino, días enteros que se queda dentro de tu estómago… ¿Y tú qué harías con Carlitos?

—Es complicado…

—¿Si le digo que me lo pague…? me podría ir dando un dinerillo todos los meses… O me lo pongo a currar de mula… Lo envío a Canarias a que me baje un paquete en la mochila cada dos semanas… en menos de un año me habría pagado todo… Claro que con las pintas que tiene… igual cortándole el pelo y vistiéndolo como es debido…

—No te engañes, Javier, ese no está para trabajar de nada, mira la que ha liado ya…

—Si lo sé, Parisino, lo sé… ¿qué te crees? Intento buscar una solución… Algo habrá que hacer, ¿no?…

—Que te lo pague la colombiana que te lo trajo, que se ponga a repartir o, mejor, a sudar en un puticlub…

Sin dejar de mirar a su plato de habas con jamón, Javito negó con la cabeza.

—¿Es muy callo la tía? —le pregunta mi hermano.

Sin abrir los ojos y con la boca llena, Javito asintió con un par de tristes cabezazos.

—Una india…, salvaje cien por cien —explicó—, como mucho la puedes poner a fregar suelos y con eso no pagas los cuatro palos que vale el melón, no, ni en diez años…

—Es una movida, sí…

Sí que lo era, porque después de todo el máximo responsable era el Pulga. Estaba claro. Javito lo sabía, mi hermano lo sabía, pero ninguno de los dos quería decirlo en voz alta. El lo había organizado todo y luego le pidió a Javito que invirtiera un par de kilos. Claro que si el gilipollas de Carlitos no hubiera andado cuatro días por ahí desaparecido…

—Voy a tener que hablar con el Pulga, Parisino…

—Me imagino, ya…

—Me dijo que era un negocio seguro, una ganga, que nos íbamos a sacar un millón limpio por cabeza… ¿Pero qué necesidad tenía yo de hacerlo, eh, Parisino? Ya no tengo edad para ir pringándome por un kilo de mierda, tú lo sabes…

Por aquella época (estamos hablando de hace unos cinco años) el Pulga seguía siendo, sino el mejor, uno de los mejores amigos de Angel. A Javito también se le podía considerar un buen amigo, por supuesto, pero a otro nivel. Vamos a decir que todavía estaba forjándose la actual relación de complicidad.

—Si quieres hablo yo con él —se ofreció el Parisino.

—¿Me harías ese favor? Mira a ver qué te cuenta, que no se piense que digo que sea culpa suya, pero un poco de responsabilidad si que lleva, estamos de acuerdo, eh, Parisino.

—Está claro. Ya puestos, me podrías hacer tú otro favor, ¿te importa que me quede con el kilo de ful?

—¿Con eso? ¿Para qué?

—Nada… Una bromita que le quiero gastar a un idiota de mi curro que no para de darme la brasa, se ha empeñado en que le pase un metro…

—¿Le vas a dar el paquete?

—Por la pata abajo se va a ir, así aprenda…

—Hay que ver lo demonio que eres también tú, Parisino…

No tomaron ni postre ni café y, después de pagar su parte de la cuenta, cada uno se largó por su lado. Mi hermano nunca tuvo que hablarle al Pulga del asunto, no hizo falta. Carlitos aparecería calcinado esa misma noche. La temible fama de Javito no sólo quedó inmaculada, además se vio incrementada puesto que muchos habían oído ya la historia de Carlitos y la tortilla de patatas. Y si hubo otro responsable de semejante chapuza, al final, para bien o para mal, quedaría exculpado.

Por si no ha quedado claro, la cuestión no es que el culpable te pague, sino hacer culpable a quien te pueda pagar. Así funciona el asunto. Todo aquel que haya estado metido en este maravilloso mundo de las drogas, antes o después sabe de alguien al que le ha tocado pagar una peya que poco o nada tenía que ver con él. Es algo con lo que hay que contar. Gajes del oficio. Que se lo digan a Carlitos si no.

Después de la muerte de Javier, si hay alguien de quien se pueda decir que Javito haya admirado y respetado de verdad ése era Sebas, el Filósofo. Una lástima que esta relación acabara también súbita e inesperadamente. Cinco años duró nada más, pero bastaron para consolidar una gran amistad, de esas que se forjan a base de respeto y confianza y para la que no hay mujer o negocio capaz de joderla. Tal era el grado de compenetración que con el tiempo las palabras llegaron a sobrar; una mirada o un gesto y, entre ellos, estaba todo dicho. En suma, eran dos grandes amigos y ya no lo son porque uno ya no está. Así de matemático.

Siempre quedará el recuerdo, dicen por ahí. Para darte por culo añade Coque. Al guardia civil no le gusta la memoria. Como a tanta gente a él también le ha tocado perder a algún ser querido.

—¿De qué me sirve acordarme de mi hermano? —me comentó en cierta ocasión— Ya no está con nosotros, le quería mucho, vale, pero ya no está… ¿Qué sentido tiene que siga queriéndole? ¿A quién beneficia?

Su hermano mayor había muerto de leucemia cuando Coque tenía doce años. De nada sirvió que le transplantaran parte de su médula ósea. Al final le tocó ver cómo el chaval, cada vez más blanquecino, se iba en una habitación de hospital.

—Lo jodido es que estaba convencido que con lo del transplante le iba a salvar la vida.

Yo no tenía ni idea de lo de su hermano. Me lo soltó en

ocasión de una de nuestras incursiones nocturnas. Tampoco creo que supiera él lo de mi hermana o mi madre. Acabé contándoselo y, en cierto modo, puede que nuestra relación se viera consolidada. Lo cierto es que empezamos a ponernos y salir juntos más a menudo. De subidón de cocaína nos dio por abrirnos y compartir nuestras vivencias y sensaciones acerca de perder un familiar directo. Sobre todo a partir de las cinco de la mañana o así, cuando el colocón empezaba a dominarnos, es cuando más intenso se hacía el intercambio de impresiones. Nos confesábamos secretillos que ahora mismo me daría vergüenza reproducir, pero, claro, ya se sabe, esta maldita droga, mezclada con el alcohol, te hace hablar y hablar, en busca de emociones fuertes y, de este modo, estimular endorfinas y reforzar el calor sintético que te produce... No es que abras el corazón; qué va, todo lo contrario, te vuelves un cínico, eso es lo que te pasa. Lo único que interesa es perpetuar el pedo, a cualquier precio.

Bajo estas condiciones le hablé de mi hermano y de sus amigos. Luego, siempre de noche, topó con Víctor y empezó a interesarse de verdad por los de la calle Acuerdo, hasta el punto de querer, por así decirlo, aportar su granito de arena en esta historia. De hecho fue él quien me ha dado la idea de cómo solucionar mi "contencioso" con Víctor y compañía. Luego contaré cómo me los he quitado de encima, pero ahora tengo que hablar del filósofo. Así lo exige Angel.

El Parisino cuenta que, aunque a veces ni se molestaba en levantarse del suelo, el Filósofo sabía perfectamente cuando Javito llegaba a casa.

—El tío —relataba el mismo Javito— me lanza una miradita, así, de reojo, levantando un ceja, como no dándole mucha importancia al que haya llegado. ¡Pero claro que está contento de que haya llegado, vamos que si lo está! Lo que pasa es que nota que me he puesto, por eso levanta la ceja. Al Filósofo no le gusta que me ponga, no lo ve con buenos ojos eso de la droga.

El que se ahogara en aquel río fue culpa suya o al menos eso es lo que se piensa Javito. Jamás tenía que haberle dejado solo por aquellos parajes inhóspitos, la criatura no conocía el terreno. Impotente, a Javito le tocó ver cómo la corriente se llevaba a su mejor amigo. Volvió varios días seguidos para rastrear la zona, solo. No quiso que nadie le acompañara, ni siquiera mi hermano. La había jodido él y cosa suya era solucionarlo, así de masoquista e irracional era su planteamiento. Nunca lo encontró, ni siquiera el cadáver. Fue un palo, posiblemente el palo más grande de su vida, incluso más que la muerte de su compañero Javier. Ya sé que hay gente a la que le sorprende que se pueda llorar la muerte de un perro… No sé, yo no lo he conocido al Filósofo, pero un pitbull que dice no a las drogas levantando una ceja por fuerza ha de ser un tipo interesante al que se acaba echando de menos. Así que desde aquí, amigo, Angel y yo te mandamos un saludo, ahí donde quieras que estés.

A ver, ¿cómo cojones Gonzalo, siendo lo grande que es, puede disponer de una mente tan perversa y mortífera? No me entra en la cabeza. Evolutivamente hablando no le debería hacer falta y, sin embargo, el hijoputa ha conseguido, sin necesidad de levantarme la mano, que me cuestione tantas cosas... La primera de ellas es que, por muy creído que me lo tenga, se me ve llegar a la legua. Mis maneras de niño bueno, dice, no engañan a nadie. Según él no sólo no soy real, además lo que estoy tecleando no vale una mierda.

Hay un baúl heredado de mi madre que por muy bonito y valioso que sea, ocupa mucho espacio y, según mi mujer, no tiene cabida en nuestra casa. Mi hermano lo quiere y ha pedido que no lo tiremos que viene a buscarlo. De esto hace un año y como el baúl sigue donde estaba, Marta se ha visto obligada a imponer un ultimátum. O viene a recogerlo antes de una semana o a la calle que va, así de claro lo ha dejado dicho. Esto por un lado. Por otro Gonzalo le debe a mi hermano cien euros de no sé qué movida y, puesto que dispone de una furgoneta propia para no sé tampoco qué negocios, acordaron saldar la deuda con la mano de obra y transporte del susodicho baúl. A tal efecto apareció la pareja en cuestión el domingo pasado por la mañana, a las ocho y media para más señas.

—¿Es aquí dónde el baúl? —dijo por el telefonillo una voz que, a pesar de mi resaca y sólo cuatro horas de sueño, al instante reconocí.

—¿Gonzalo?

—Estoy con tu hermano, ¿nos abres ya, pesao, o tenemos que esperar otras tres horas…?

No se me negará que así da gusto levantarse.

—¿Quién es? —quería saber mi mujer, que, al igual que yo, se había acostado hace unas cuatro horitas o así.

—Nada, mi hermano, que viene a por el baúl…

—¿Ahora…? ¿Pero qué hora es?

—Es pronto todavía, tú vete a acostarte, cariño… Ya me encargo yo.

Y volvió a la cama, tan tranquila ella. Yo, en cambio, aunque se me hubiera permitido ir a la cama no habría conseguido conciliar el sueño, demasiado tarde ya. A las acostumbradas náuseas y taquicardias de las resacas mañaneras se había sumado ahora una sensación de angustia que, si bien no me era en absoluto nueva, consiguió que perdiera una vez más los nervios. Tanto es así que no pude evitar, de una manera un tanto histérica, darle una patada a la puerta de la cocina.

—¿Qué ha sido eso? —gritó mi mujer desde nuestra habitación.

—Nada, cariño, sigue durmiendo, anda.

Sabía lo que me esperaba al otro lado de la puerta. Son muchos años ya, quieras que no. Y aun así se me heló la sangre cuando los vi por la mirilla. Las pintas que me traían… y eso que hasta que no les abrí no advertí las manchas de sangre en la camisa de Gonzalo, ni las blancas boceras de mi hermanito…

—¿Se te han pegado las sábanas encima? —me recrimina Gonzalo desplegando su sonrisa de animal— ¡Ya va siendo hora de levantarse! A tu edad, parece mentira…

Y el tío me echa a un lado para entrar en casa, dejándome cara a cara con el otro…

—¿Qué pasa? —le digo a mi hermano— ¿Os habéis liado un poquito…?

Ni siquiera contestó, lo que hizo fue meterse las manos en los bolsillos y bajar la mirada. Técnicamente habría que decir que bajó la cabeza, puesto que no había manera de verle la mirada, escondida detrás de sus gafas de sol. A mi también me hubiera gustado meterme las manos en los bolsillos, ya te digo… Lamentablemente mi pijama no venía provisto de semejante escondite para manos nerviosas.

—¡Esto ya está mucho mejor! —se oyó gritar a la Mala Bestia desde la cocina.

Acababa de abrir la nevera. De hecho, cosa inhabitual, no sólo estaba repleta de cervezas, además contenía varios tupers con platos preparados el día anterior. Teníamos comida organizada en casa, hoy mismo, con los padres de Marta y unos buenos amigos de estos. De vez en cuando planeamos este tipo de eventos, cosas de la edad supongo.

—Por favor te lo pido, Gonzalo, córtate un pelo, está Marta durmiendo…

—¿Qué pasa, no me puedo tomar una birrita…?

—Claro que puedes, pero no grites, eso es todo…

Entonces se me queda mirando con esa sonrisa tan suya, tan generosa y sádica, durante varios segundos interminables… Y yo, a parte de nos saber qué decir, seguía en pijama…

—¿Saliste ayer? —me suelta el cabrón.

—¿Eh...?

—Estás picajoso. Qué tal si te tomas una cerveza. Es lo mejor para la resaca, hazme caso...

Y, tras abrir una lata, va y me la tiende. Y yo, ni corto ni perezoso, la agarro. Después de todo es verdad que la necesitaba. A continuación nos encerramos los tres en el salón y Angel balbució que si por favor no me importaba que bajáramos las persianas, le daba mal rollo ver el sol sin haber dormido. A Gonzalo le hizo gracia la ocurrencia.

—Tienes unas cosas, Parisino... —que le dice.

Yo, en cambio, sabía muy bien a qué se refería Angel. Los infames remordimientos. Sabes que la has jodido a base de bien y que tienes al tiempo avanzando en tu contra, empujándote hacia el abismo ése de detrás del pedo. El inevitable bajón. Es la puta realidad, implacable ella, que espera a la vuelta de la esquina para pedirte cuentas. Hay que rehuirla mientras se pueda, todo vale con tal de alejarla, gafas de sol y las persianas bajadas por supuesto, pero también más alcohol y más tiros con tal de no pensar eso de "no tenía que haberlo hecho". Algo muy parecido me pasaba a mí con Coque después de la euforia nocturna... ¿para qué le habré contado nada de mi vida?, me decía con la llegada del nuevo día... Vamos que, en ciertas situaciones, la luz del sol hace las cosas demasiado reales. No conviene. Como tampoco conviene la televisión, la radio o ciertas conversaciones. Hay que tener mucho cuidado con los temas abordados; todas esas frustraciones subliminales del día despuntan ahora, a flor de piel que están, al acecho, listas para saltar sobre tu conciencia. Sólo esperan que alguien meta la pata, que se pronuncie la palabra equivocada y ¡zás! El estómago que se encoge, el corazón redobla el bombeo y las sienes se estremecen y por favor otro trago y otro tiro que esto no hay quien lo aguante... Los hay que en dicho estado no pueden oír hablar de su mujer, otros no quieren saber nada que tenga que ver con su trabajo, o los negocios, la policía o cualquier movida violenta... y, por descontado, todos y cada uno ellos aborrecerán cualquier tema que implique una obligación futura. Mucho cuidado por tanto con empezar una frase tipo "qué vas a hacer cuando..." Sería un error imperdonable.

Yo todo esto demasiado bien que me lo sé y por eso, aunque no vaya puesto, sólo el ver una persona en tal estado me llena de angustia. Sufro de ciertos achaques de empatía... Y si el afectado lleva mi sangre, apaga y vámonos. Aquí tenía a la criatura, muñeco perdido, arrancándose las uñas entre calada y calada. Profunda y llamativa desesperación la suya... apuraba los cigarrillos hasta quemar el filtro y dos o tres sorbos como mucho que le duraban las latas de cerveza... Por supuesto no participaba a la conversación, tenía cosas más importantes en las que no pensar el chaval, no había más que ver su rostro agarrotado...

Aunque tampoco se puede decir que hubiera una conversación como tal, más bien nos tocó presenciar un monólogo torrencial de Gonzalo. Un chaparrón en toda regla.

Hay que tener mucho cuidado con intentar seguir el hilo a un psicópata de su envergadura; a poco que te despistes el tío te ha llevado a unos terrenos oscuros y pantanosos de los que no se sale así como así… Claro que, por otro lado, tampoco es cuestión de no prestarle atención o fijo que hará todo lo posible para conseguirla, empezará a levantar el tono de voz, a aumentar el número de palabrotas empleadas por minuto y, por supuesto, hacer cada vez más escabroso el tema tratado. Es complicado, la verdad. A todo esto no me estaba sentando nada bien la cerveza, me habían entrado ya un par de arcadas y sólo deseaba una cosa y es que se fueran ya. Al ser posible mi hermano a dormir y el otro al infierno.

—¿Te importa si pongo unos tiros?

Vaya… Estaba claro: me quería buscar la ruina, vengarse por haber rechazado su asesoramiento artístico. Iba a ser eso. Nuestro dormitorio se encuentra en la otra punta del pasillo y, quieras que no, con las puertas cerradas y los tapones que usa para dormir, no creo que el vozarrón de Gonzalo estuviera molestando a mi mujer. Sin embargo ya eran más de las diez y Marta podía levantarse de un momento a otro para dar los últimos retoques a la comida y recoger un poco la casa antes de que llegaran las visitas. De hecho, yo necesitaría dormir algo o por descontado que ciertos conocidos iban a encontrarse con un perfecto desconocido por anfitrión.

—Casi mejor que no te lo pongas —le rogué.

Pero, mira tú por donde, el animal ya estaba delineando tres disparos, directamente encima del cristal de la mesa. (Más cosas que limpiar luego…) Y ahí los dejó mientras relataba cierto encuentro con un cliente insatisfecho.

—Dice el muy bocazas que nos va a denunciar… pues que

lo haga, a mí ya ves… Como si quiere publicarlo en los periódicos, es su problema, que no me hubiera tendido la mano y yo no le habría torcido el codo. La peña no es consecuente con lo que hace, tú me entiendes Parisino…, se emborracha, se pone a hacer el ganso y se cae al suelo…, ¿le ayudo a levantarse y se hace daño…?, ¡pues culpa suya joder!… Y el muy tonto que me dice que lo he hecho aposta, hay que joderse, ¿qué tiene que ver eso? El que iba haciendo eses era él, no yo, que hubiera tenido más cuidado donde ponía el pie, mira que se lo expliqué luego al tío y nada… Igual de cabezón que su hermana.

Aquí la Mala Bestia hizo una pausa para echar un trago a la cerveza.

—Perdón —dijo tras soltar un potente erupto—. Estuve saliendo con ella, la muy golfa…, Cristina, sabéis quién es, ¿no? Sí, joder, Cristina Ribera, la de la serie esa de televisión… a ésa, en cambio, no le importaba que la dieran un azote de vez en cuando, vamos que le iba la marcha, me acuerdo de cierta noche… en fin, menuda puta en cualquier caso, lo tengo grabado en video por cierto… en cambio al mariquita de su hermano, cada vez que lo pienso… los gritos de nena que se me puso a dar, incluso antes de que le crujiera el brazo, ay, ay, ay, ay… ¿te acuerdas Parisino los grititos que lanzaba…? Si no se hubiera puesto a chillar así, igual hasta no se lo rompo, mira lo que te digo. Pero es que me provocó el tío con tanto gritito…

Es difícil afirmar qué me estaba poniendo más enfermo, lo que estaba oyendo o los tres tiros ahí en la mesa esperando a que los viera Marta.

—La verdad es que tuvo gracia —siguió dale que te pego, después de soltar una carcajada inquietante—, no me digas que no, Parisino… Fue la polla cuando el tío va a levantar la mano para apuntarme con el dedo índice y el antebrazo va y se le cae solo hacia un lado… la cara de susto que puso el tío, "¡me los has roto!", que gritaba histérico perdido…

Y soltó otra carcajada, seguido de un trago y otro erupto.

—Me lo tuve que llevar fuera, del escándalo que estaba montando, sabes —me dice, mirándome de repente a mí sólo—. Para calmarlo… ¡Y mira cómo me ha puesto la camisa el muy desgraciado…!

Ya sabíamos de quien era la sangre entonces. No quise saber qué le había hecho exactamente fuera del Nativo. Como tampoco quería que me lo dijera mi imaginación, intenté cambiar de tema:

—¿Hace calor, no? ¿Qué tal si abro un momento la ventana…?

—¡No! —gime mi hermano—. Por favor…

—Toma, empieza tú —me dice Gonzalo, casi al mismo tiempo, tendiéndome el turulo.

—No, gracias. Yo ya no me pongo…

—¿Ah, no? ¿Y desde cuándo? Porque hace no mucho estuviste en el bar enchufándote de lo lindo, ¿o no eras tú?…

—Puede, vale, pero ya no…, o sea, que no quiero ponerme ahora y ya está.

—Ya he puesto tres tiros, ¿qué hago?

—Tú verás. No es mi problema.

—Pues me hago un nevadito con el que sobra y a tomar por culo.

—Espera —dije, levantándome para agarrar el tubito de papel—. Trae pacá.

Hay dos personas muy distintas. La que habla y la que siente. Tecleando intento ponerlas de acuerdo, pero es imposible, jamás lo he conseguido. Con esto quiero decir que me resulta imposible explicar debidamente por qué acabé poniéndome aquel tiro. Una cosa que está clara es que no podía permitir que nadie se fumara un nevado en el salón estando como estaban ventanas y puertas cerradas. Para quien nunca haya tenido ocasión de compartir una habitación cerrada con un tipo fumándose un cigarro empolvado con cocaína, que sepa que el humo engendrado es blanco, espeso y se adhiere a tu ropa como una pasta viscosa. Así que casi mejor que nadie se hiciera ahora ninguno. No olvidemos que dentro de cuatro horas llegaban nuestros invitados y, por mucho que abriéramos las ventanas, el olor no se iba a desprender tan fácilmente de cortinas, paredes o mobiliario.

Pero que el salón quedara impregnado de ese olor tan sospechoso no fue el motivo principal que me empujó a enfilarme el que sería el primer tiro en pijama de mi vida. Hay dos hechos más. Gonzalo me estaba rayando. Y, segundo, deseaba con todo mi alma que mi hermano se fuera a su casa ya, a dormir. No podía verle así, castigándose de aquella manera tan escandalosa. Sé muy bien que llegados a cierto punto es muy complicado volver atrás. Puede que sea algo parecido a lo que sienten los gatos cuando, después de trepar eufóricos, llegan a la cima del árbol y ya no se atreven a bajar. El pánico a volver a la cama, no hay nada peor que eso. El pánico a no poder dormir, a volverte majara dando vueltas y más vueltas entre sábanas arrugadas, empapadas de toxinas, luchando contra malvados pensamientos para evitar que se pasen de la raya, para que no acaben arrastrándote a ese sitio cada vez menos desconocido. Ya puedes ser el tío más solitario del mundo que, antes de quedarte solo contigo mismo, prefieres que te dé un ataque al corazón a base de tiros.

Qué bien comprendo ahora a mi madre y su manía de esconder pastillitas por toda la casa, en los cajones de la ropa, detrás de los libros... ¡y nos parecía incorrecto! Hay que joderse lo poco que sabemos y lo resabidos que somos a veces... Qué pena no haber tenido algo de Diacepan o Dumirox en el botiquín, que sin dudarlo hubiera echado unas cuántas cápsulas, así, de extranjis, en la lata de mi hermano. Y que se durmiera de una vez por todas. Ya serían unas cuantas horas de ganadas, quieras que no. Ya veríamos luego qué hacíamos cuando se despertara; de momento, al menos, podríamos tener nuestra comida en paz..., me caen bien los padres de Marta, me apetecía verlos, y a sus amigos también... ¡Por un puto fin de semana que libraba, además!

¿Cómo narices se le dice a un tipo en ese estado que se tiene que ir a casa, que cuanto más retrase el momento peor será el trance? No creo que haya palabras lo bastante convincentes. Todavía si estuviéramos solos, sin interferencias, podría intentar alguna aproximación, pero iba a ser imposible insinuar lo que fuera sin que Gonzalo interviniera. Seguro que el muy hijo de puta se hubiera mofado de mi sensata conducta de hermano mayor… Poco a poco me iba sintiendo en aplastante e incómoda inferioridad, como si de algún modo estuvieran abusando de mí. ¿Por qué hostias tenía que aguantar las ralladuras de aquellos dos? ¿Acaso se creían que no sabía de qué iba la película? Yo también he pasado lo mío, también me he castigado, me dije hinchado de amor propio, por qué narices me tiene que tocar jugar siempre el ingrato papel del espectador culpable. Proponiéndomelo, yo también sé rayar. ¡Qué se han creído!…

Se puede decir que agarrar el turulo fue una especie de huída hacia delante. Aunque también había algo de "si no puedes con tu enemigo, únete a él…" Dentro de lo malo he de reconocer que la jugada me salió razonablemente bien. Sobre todo porque pillé a Gonzalo desprevenido. Ahí estuvo la clave creo yo. No se esperaba semejante reacción por mi parte, tanto es así que ni siquiera protestó cuando me enfilé dos de los tres tiros, uno por cada orificio nasal. Luego me bebí de un trago lo que me quedaba de cerveza y dije algo así:

—Que nadie se mueva que ahora vengo.

El primer subidón de cocaína es el que cuenta, el que hay que aprovechar antes de que los negros sentimientos afloren. Tardé como mucho tres o cuatro minutos en volver al salón. Lo primero que hice fue levantar las persianas:

—Venga, ¡de pie que nos piramos de aquí! —solté alegremente, dando una palmada y todo.

Todo resuelto que estaba, me había dado tiempo a vestirme y hasta a dejarle una nota a Marta. "Les acompaño a llevar el baúl. Entre los dos no pueden con él. Un beso. Luego te llamo." Si no hubiera dejado la nota casi mejor, porque los muy capullos no habían traído la furgoneta y, lanzado como iba, se me olvidó quitarla de la nevera cuando me lo dijeron. En ese sentido menos mal que cuando volví a hablar con Marta fue desde el hospital y las noticias que le conté resultaron tan deprimentes que la chica no pudo decirme ni mu por haberla dejado plantada. Y eso que llevaba organizando la comida desde hace yo qué sé cuánto.

Después de haber hablado tanto con mi hermano de ellos, tengo que decir que encontrármelos en carne y hueso ha resultado un tanto desconcertante. Para empezar, Víctor tiene ahora la vista cansada, y ya no está tan atento, parece como despistado, como si hubiera perdido algo en algún lado y no consiguiera acordarse. La mirada de Cúster, en cambio, sigue brillando y todavía resulta muy atractiva. Al Pulga se le ve bastante tranquilo y pausado, igual de educado y atento que siempre. La verdad es que, después de todas esas historias de putas y drogas, esperaba encontrarlo más desequilibrado...

Habíamos quedado en el viejo campamento base de los de la calle Acuerdo, en frente del supermercado de la Clarita. En un principio también tendría que haber estado mi hermano, pero el tío llevaba un par de días sin dar señales de vida (hasta que le dio por aparecer en mi casa ese domingo por la mañana, acompañado de la mala bestia). Por lo que pudiera pasar le pedí a Coque que me acompañara. De hecho fue él quien insistió en querer participar en la reunión. Se moría de ganas por conocer en persona a esos personajes de los que tanto le había hablado.

—A ver si ahora les vas a pedir un autógrafo —le dije en plan de coña, mientras andábamos hacia la cita.

—No te asustes —me dice él—, pero me parece un poco raro que quieran quedar contigo... para hablar.

—Venga, qué coño puede pasar, a la luz del día además...

—¿Son esos de ahí?

Sí, eran ellos. Apoyados contra el muro que estaban los

tres, compartiendo un porro, como en los viejos tiempos. Víctor fue el único que no se acercó a saludarnos. Tenía pensado decir que Coque era un amigo que me había traído en coche, cuestión de justificar un poco su presencia, pero el caso es que, una vez ahí, no lo retuve necesario. No parecieron darle importancia al hecho de que apareciera con un extraño, ni siquiera Víctor prestó demasiada atención a mi amigo. O esa fue la sensación que me dio en un principio.

El primero en hablar fue el Pulga, después de todo era con el que más confianza tenía.

—Así que el Parisino y tú estáis contando la historia de los de la calle Acuerdo.

—Nada, alguna anécdota que otra… —le digo yo con una sonrisa indiferente—. Además no pensamos publicar nada… Lo hacemos para nosotros mismos, para pasar el rato ya sabes…

—¿Y cómo es que la gente habla tanto del tema? —quería saber el Cúster.

—Porque hace un año, Gonzalo, el del Nativo, ojeó lo que habíamos escrito y empezó a largarlo por ahí, digo yo que es por eso…

—¿Y te queda aun mucho para acabar el tema?

—Creo que no, pero es igual, quiero decir… no lo va a leer nadie, ya te he dicho que es sólo para mi hermano y yo…

El Pulga parecía decepcionado:

—¿Entonces no nos lo vas a dejar ver, tronco?

—Hombre, yo qué sé…, puedo hacer unas copias si de verdad estáis interesados…

El brillo de los ojos del Cúster se hizo más intenso.

—¿Qué cuentas de mí? ¿Has contado lo de cuando me pararon en el aeropuerto y llevaba unos dos melones en la mochila y me hice el sordo...?

—No seas brasas —le interrumpió el Pulga, y dirigiéndose a mí—: ¿por qué dices que no quieres publicarlo...?

—El policía venezolano —continuaba relatando emocionado el Cúster— quería que le enseñase lo que llevaba en la mochila... me acojoné tanto que no supe qué hostias decir... el policía me preguntó si estaba sordo o qué... y el tío me dio la idea... me hice el sordo y enton...

—¡Cállate ya hostias, David! —intervino Víctor acercándose a nosotros— ¡Estás tonto, joder!

Le había vuelto la mirada de sicópata de la que tanto me había hablado mi hermano. De repente tuve la sensación de que el tío sabía perfectamente lo que teníamos pensado proponerle Coque y yo.

—Mira, tronco —continuó diciendo—, me importa tres cojones por qué has decidido contar por ahí nuestras historias y si piensas publicarlo o no... El caso es que estás hablando de mí, contando cosas mías, y eso ni me mola ni me interesa...

—He...

—Y no me digas que has cambiado los nombres... ¿Y qué? Esa no es la cuestión. La cuestión es que me estás utilizando, así, por el morro, sin mi consentimiento.

No sabía qué decir. Tampoco quería pensar nada, estaba convencido de que el tío era capaz de meterse en mi cerebro… Era el momento de que hablara Coque.

—Escucha, Víctor… —empezó a decir mi amigo.

—¿De qué sabes tú mi nombre? ¿Te ha estado éste contando historias mías también? Además, tu cara me suena, sabes.

Coque no parecía en absoluto impresionado. Raramente había quedado con él de día. Resulta que el tío sabía estar sobrio y comportarse con solvencia, incluso hasta con cierta mundanería. Se nota que es un chico con estudios, el Coque.

—Sí que me ha contado historias tuyas por eso sé tu nombre. También sé que estás pensando que soy un madero, pero te equivocas, soy un picoleto, y no tiene nada que vercon el hecho de que haya venido… Me importa tres cojones vuestras trayectorias de delincuentes, lo único que quiero es que dejéis en paz a mi amigo, ¿te enteras?

Víctor estuvo a punto de abrir la boca, pero Coque todavía no había acabado:

—No intentes amenazarme o ponerte chulo conmigo, Víctor, hemos venido a hablar, a llegar a un acuerdo. Si estás interesado bien, si no, nos vamos ahora mismo.

Víctor no sólo se calló, incluso bajó la mirada. Joder, sí que había cambiado el tío. Cuando se lo cuente a Angel lo va a flipar, me dije. El siguiente en hablar fue el Pulga:

—¿Qué tipo de acuerdo nos propones?

—Que os olvidéis de mi amigo y yo me olvidaré de vosotros.

—Pongamos que no nos olvidamos de tu amigo —planteó el Cúster—. ¿Qué pasaría?

—Pues de momento hago que a ti te quiten el tercer grado. ¿Alguien más quiere saber lo que pasaría si no se olvida de mi amigo...?

—No es justo —se lamentó el Cúster—, ellos están contando nuestras historias, pueden que ganen una pasta con ellas, y nosotros aquí, míranos...

Confirmado, ya no eran lo que habían sido. Daban lástima. Ya sólo cómo iban vestidos..., saltaba a la vista su decadencia. Los pantalones del Pulga le caían por encima de los tobillos, en plan pesquero. Víctor llevaba la camisa abrochada hasta arriba... y el Cúster directamente parecía un vagabundo, un yonqui. Los tres tenían el pelo grasiento y el calzado lleno de polvo.

—Clarita me debe un millón y medio —propuse—, unos ocho mil euros... Si queréis son vuestros.

Los tres se removieron inquietos, pero ninguno abrió la boca.

—Tomad —les entregué un trozo de papel con la dirección de la ex-cajera—. Aquí he puesto donde vive.

Fue Cúster quien agarró el papel para entregárselo a su amigo de infancia. Víctor lo ojeó y, antes de guardárselo en el bolsillo, se le escapó un tic indescifrable.

—Que os vaya bien —dije para despedirme. Y nos fuimos.

Encasquetando la pella de Clarita, había conseguido quitarme de golpe unas cuantas cosas de la cabeza. Esta vez mi hermano estaría orgulloso de mí. Qué mierda que le haya dado un ataque y se encuentre en coma en un hospital y no pueda contárselo.

✳

La última vez que le vi a la luz del día sentí que traía la peor cara de todas las que había visto hasta la fecha, lo que ya es decir. Así que decidí no volver a mirarle en lo que quedara de día y aun así, mira tú, todavía tengo grabada la imagen de sus pómulos tirantes y labios secos y azulados. Una pena, porque desde hacía varios meses el tío venía llevando eso que llaman una vida saludable, ejercicio diario, dieta sana… Hasta se le veía más joven y radiante. Pintas de atleta oí decir de él a mi abuela, toda orgullosa que estaba la pobre mujer… No habían pasado ni dos días desde que le vi por última vez y ahora, mírale, parecía un cadáver andante. ¿Pues no habíamos comido juntos el viernes pasado, joder? Y ¿no se le veía alegre, con apetito y pleno de vitalidad? Joder, joder… Di que sí: joder. Qué penoso e impúdico resulta todo esto, incluso vergüenza me da tener que teclearlo… Irónicamente, ahora es cuando mejor me vienen las palabras, cuando más a gusto me encuentro delante de la pantalla… Me mantiene distraído en cierto modo… Cuando lo de mi madre, en cambio, me dio una temporada por los videojuegos. Al final lo de teclear va a ser una manera como otra cualquiera de no comerse la cabeza.

Estuvimos primero en el bareto gallego de debajo de casa. Lanzado como iba impuse yo mismo el lugar. Ni siquiera me importó que no hubieran traído la furgoneta. Mi garganta seca se moría por un tercio de Mahou, frío e inmediato. Por una vez que salía de casa no se me podía negar el capricho y, de todas formas, ¿adónde íbamos a ir un domingo a las once de la mañana?

—Tengo copas para el Cachivache —propuso Gonzalo después de darle el último trago a su segundo tercio—, ¿vamos?

Puede que se hubiera cansado de oírme. Se me da bien rajar a mí también cuando pillo el punto. En la media hora que llevábamos en el bar, me dio por relatarles, sin ahorrar detalle alguno, cuánto me preocupaba el estreñimiento que venía padeciendo estas semanas atrás. El proceso digestivo, sobre todo en su última fase, es de los pocos asuntos que, encocado o no, todavía consiguen emocionarme. No sé cómo surgió el tema, pero recuerdo cómo finalizó. Tras decidir yo mismo que era una gilipollez ir al Cachivache pudiendo estar hablando tan a gusto en el gallego, mi hermano dijo, o musitó más bien, que se iba.

—¿A casa? —dije esperanzado.

Apenas oí la contestación, pero me pareció entender que se pillaba un taxi. ¿Te acompaño a casa?, pensé proponer, pero luego me dije que igual se iba a pensar que le quería seguir para asegurarme de que no se fuera por ahí. De hecho reconozco que algo de eso había en mi pregunta, aunque también quería acompañarle para estar con él a la hora de afrontar la cama; en el estado que iba me daba un poco de miedo dejarle sólo ante semejante trance, la verdad sea dicha. En cualquier caso si no subí al taxi fue principalmente porque 1) Gonzalo llevaba la papela y 2) el efecto eufórico de la cocaína empezaba ya a bajar. En cierto modo me entró un poco de pánico a mí también. Como quien dice mis propios demonios ya estaban llamando a la puerta.

Lo detuve yo el taxi, eso sí. Hasta le abrí la puerta y le comuniqué la dirección al taxista antes de volver a cerrarla.

—¿Te hace falta dinero? —le dije a Angel a través de la ventana.

Al hijoputa se le dibujó una especie de sonrisa dolorosa en los labios y negó con la cabeza. Me faltó esto para entrar en el taxi… De haberlo hecho, no sólo habría estado con él cuando padeció la crisis, además habría dignificado un poco su llegada al hospital… Por muy mal hermano que se me pueda considerar, siempre es mejor, digo yo, que en ciertas ocasiones te acompañe un familiar que un taxista.

Que quede claro que no me estoy compadeciendo. Esta vez no. No hay que ser ningún adivino para saber que tarde o temprano tenía que pasar, de hecho con echar un vistazo a su trayectoria plagada de altibajos extremos uno se pregunta cómo ha podido aguantar tantos años. Lo raro, si acaso, es que siga vivo. Hasta tiene posibilidades de despertar y todo, me ha confesado el médico. Y eso que, según el parte, el chaval llegó con una —cito textualmente— hipertensión arterial de 220/110 con estatus convulsivo, padeciendo una parada cardio-respiratoria, con infarto bulvar de etimología no definida. Pero se le pudo tratar a tiempo y eso es importante según el médico. Me ha asegurado personalmente que disponemos de fundadas esperanzas. Es joven y fuerte. Lo único es que su cerebro puede quedar algo afectado, incluso es más que probable, pero, añado yo, ¿y quién no lo tiene algo tocado hoy en día? Pues no está triste el patio ni nada. Ya lo decía Angel, "no me cambiaría por nadie en el mundo". Sabía muy bien el tío de las miserias y limitaciones ajenas, claro que sí; visto lo visto, mejor se queda uno con lo que ya conoce. En ese sentido le sobraba dignidad al chaval. No sé sin embargo que pensaría ahora, rodeado de todos esos tubos. El caso es que hay que reconocer que se le ve bastante tranquilo. Por su cara relajada me atrevería a decir que, tumbado día y noche en esa cama, se ha quitado de encima unas cuantas comeduras de cabeza. Queriendo hasta podría ser un dulce final para la historia ésta, por qué no.

Y hablando de acabar esto, tengo un pequeño dilema. Dado que mi hermano prefería guardar su dinero en mi casa antes de que su nombre figurara en la cuenta de ningún banco, ahora resulta que dispongo de un colchón muy respetable para no tener que preocuparme por volver durante un tiempo a eso que llaman la vida laboral. Digamos que me puedo permitir corregir sin prisas este puñado de palabras e, incluso, reunirlas en un centenar de ejemplares sin necesidad de financiación externa. En plan recuerdo, que quede claro, para los amigos. El caso es que, por otro lado, a lo mejor debería esperar a que se despierte. De no hacerlo me da la sensación de que podría sonar a epitafio y no era esa la intención inicial. Luego la gente habla. Que si se ha aprovechado de la desgracia de su hermano, que he contado un montón de mentiras y, sobre todo, que el Parisino nunca hubiera querido que se escribiera todo esto o, peor aun, me gastara su dinero en ello. Correría el riesgo de atraerme unas cuantas antipatías y creo que ha quedado claro que sus amigos no son la clase de tipos que interesa tener en tu contra. Decidí pedir consejo al más sabio de ellos.

—Tú qué opinas —le pregunté a Javito en el hospital.

Nos habíamos quedado solos después de que mi padre decidiera que por hoy no podía ver más así a su hijo. De camino a la puerta, su mujer lanzó un gemido muy sentido. Se la veía afectada de verdad, en el rato que coincidimos no había parado de temblarle los labios y de brotarle unos lagrimones que empapaban sus mejillas sin maquillar. Para no haber tenido hijos se estaba comportando como toda una madre, siempre de las primeras en llegar al hospital y de las más constantes a la hora de expresar su dolor. Había que arrastrarla para sacarla de ahí, no digo más.

—¿Para qué quieres saber mi opinión?

—Porque —le suelto con voz firme— eres el mejor amigo de mi hermano.

No estoy muy seguro de caerle bien a Javito. De decir algo más bien creo que no me considera un tipo muy legal. No consigo que me mire a los ojos cuando me habla ni que sonría con ninguna de mis gracias. El caso es que, a pesar de su actitud distante, yo sigo apreciándole, de verdad.

—¿Y eso qué tiene que ver? —me suelta— Tú eres su hermano mayor, ¿no sabes lo que quería Angel?

—No estoy seguro, Javier.

—A ver si he comprendido, si yo te digo que adelante, gástate el dinero de tu hermano en coma, para ti es suficiente.

—Hombre, tendría en cuenta tu opinión, eso desde luego

pero…

—¿Pero qué?

—Que…, vamos, que también tendría en cuenta otros factores.

—¿Cómo cuáles?

El corazón me decía que Angel quería que lo hiciera. Lo malo es que me cuesta creerme lo que me dice el corazón, sobre todo una vez que he traducido su presunta voluntad en palabras. Cómo para ponerme entonces a explicárselo a Javito…

—Mira, déjalo, Javier —dije volviendo la vista hacia mi hermano—, sólo quería comentártelo, no le des más vueltas, pasa del asunto…

Esta vez Javito me dedicó una de sus miradas llenas de curiosidad y se restregó la nariz con la palma de la mano. Me pidió que le acompañara fuera a fumar un cigarro. Tengo la sensación de que no quería hablar delante de Angel.

—Te voy a decir una cosa —me suelta en el ascensor del hospital—, pero sólo porque eres su hermano y creo que te va a venir bien saberlo. El Parisino no se creía que fueras a acabar nunca lo que estás escribiendo. Así te lo digo.

Se me tuvo que cambiar la cara porque se vio en la necesidad de aclararme sus palabras.

—A ver si me entiendes, ¿cuánto tiempo llevas ya desde que empezaste a la historia esa? ¿Dos años?

—Uno y medio, pero he hecho más cosas…

—¿El qué? Tú hermano se ha preocupado mucho por tu culpa, sabes. Me decía que salías mucho, que le ponías los

247

cuernos a tu mujer… Lo cojonudo es que lo hacía por ti, para que hicieras algo de provecho, para que te estuvieras en casa… No le gustaba que andarás perdiendo el tiempo en los bares y en ese trabajo sin futuro.

—¿Eso es lo que pensaba mi hermano de mí?

—Eso es lo que piensa de ti —puntualizó—. Pero no te vayas a hacer líos ahora, el tío lo dice porque te quiere, y más de lo que te crees, seguro.

Me hubiera gustado fumarme un cigarro a mí también. Pero a parte del hecho de que lo había dejado desde hacía seis días y medio, me daba corte pedírselo a Javito. Tenía la sensación de que me iba a echar la bronca si lo hacía.

—¿Entonces se piensa que no soy capaz de acabar la novela?

—Tiene sus dudas, normal por otro lado —dijo encogiendo los hombros—. Y si quieres que te diga lo que pienso yo, no me extraña. Uno que va por ahí vendiendo la piel del oso antes de cazarlo no es que dé mucha confianza, no sé si me entiendes.

Le había entendido perfectamente. Entendía que no venía a cuento hablar de publicar algo que todavía no se ha acabado. En pocas palabras: se me consideraba un bocazas. Y hasta será verdad y todo. Pero no le di importancia alguna. No se la di porque estaba fascinado por lo que acababa de contar de mi hermano. El tío estaba preocupado por mí. Todas estas páginas tecleadas y resulta que a penas conozco al personaje principal. Grave.

A menudo, yo el primero, nos creemos diferentes e incluso superiores a nuestros semejantes. Por muy banales que sean unos o extraordinarios los otros, siempre encontraremos un motivo para considerarnos más especiales que el vecino. La cuestión, creo yo, es que no utilizamos la misma moneda de cambio. Unos hacen sus cálculos con tal moneda y otros con tal otra sin que haya un mercado que determine el valor de las divisas. Mucho me temo que las relaciones humanas son por tanto una transacción imposible o, en el mejor de los casos, injusta.

Lo mejor sería empezar por obviar lo que de ti dicen los demás. Tal y como lo veo yo, las palabras no son más que un débil indicio de la existencia de sentimientos. No se debería pues relacionarlas tan a la ligera con ellos y menos aun permitir que afecten los nuestros. Pero claro, somos humanos. ¿Y qué es un humano sino un animal que se enreda con palabras? Ellas son las que, al final del cuento, nos hacen ser tan malditamente ignorantes, cada día lo tengo más claro.

Al final ni fuimos al Cachivache ni a ningún otro sitio; en el Gallego que nos quedamos, venga a hablar y a pedir cerveza tras otra, condimentada, eso sí, con alguna visita a los servicios, cuestión de mantener a raya a los demonios. Y otras muchas más que hubieran caído, por descontado, si no le llegan a llamar desde el hospital. Al parecer al irresponsable de turno se le ocurrió que el destinatario de la última llamada del móvil de mi hermano debía de ser la primera persona en ser avisada. Por muy mala bestia que pudiera ser ésta.

Gonzalo no me lo comunicó enseguida. Antes de hacerlo consideró oportuno decirme otras cosas, por lo visto más importantes para él en ese momento. Y el caso es a mí también me lo parecieron pues dos días después a punto estuve de borrar todas estas palabras que llevo tecleadas, me dije que había llegado el momento de parar de engañar a la gente. Pero, mira tú por dónde, al final no lo hice. Prefiero esperar a que mi hermano despierte. A ver qué dice él. A ver si él también piensa que no soy real. Tengo la sensación de que ahora me podría dar algunas claves, incluso de que las cosas podrían cambiar para mejor. Resulta que hasta tengo una ilusión y todo. Me he vuelto una especie de optimista, a mi edad… Mi madrastra, ella, sigue llorando, mi padre no sabe muy bien qué cara poner. No comprenden. A mi hermana, en cambio, se la ve más tranquila. Después de perder para siempre a nuestra madre y hermana, quieras que no, el coma de Angel nos ofrece la posibilidad de recuperar a un hermano, de que se nos restituya algo de vida. Y bueno, si después de todo resulta que la historia queda inacabada tampoco tendría demasiada importancia. No sería la primera vez y, en las anteriores ocasiones, que yo sepa, nadie ha muerto por ello.

Printed in Great Britain
by Amazon